yakınlık

Kendine ve Diğerine Güven Duymak

OSHO

yeni bir yaşam biçimini kavramak

www.ganj.com.tr

Daha fazla bilgi için

www.osho.com

Çeşitli dillerde sunulan bu kapsamlı web sitesi aracılığıyla meditasyon beldesinde online gezinti yapabilir, ulaşım bilgilerini bulabilir, kitap ve kasetler hakkında bilgi alabilir, dünya çapındaki Osho bilgi merkezlerine ulaşabilir ve Osho'nun konuşmalarından seçmeler dinleyebilirsiniz.

Osho International
New York
e-posta: oshointernational@oshointernational.com
Web adresi: www.osho.com/oshointernational

Kapak Resim: OSHO
Türkçeye Çeviren: Fidan Terzioğlu
Editör: Sangeet
Yayına Hazırlayan: Neslihan Şemsiyeci
Kapak ve Kitap Mizampaj: Ajans Plaza (0212) 612 85 22
Basıldığı Yer: İdil Matbaası (0212) 674 66 78

OVVO Basım Yayın ve Tanıtım Hizmetleri Tic. Ltd. Şti.
Saklıköy Sitesi No: 15 Çayırbaşı-ŞİLE
e-posta:kitap@ganj.com.tr

İçindekiler

Yakınlık kalbin kapılarının sana açık olmasıdır;
içeri girip konuk olabilirsin.
Ama bunu ancak, bastırılmış cinselliğin
çürütmediği bir kalple yapabilirsin.
İçinde sapkınlıklar kaynamayan, doğal bir kalple.
Ağaçlar kadar doğal, çocuklar kadar masum.
O zaman yakınlık korkusu olmaz.

Önsöz

erkes yakınlıktan korkuyor; bunun farkında mısın, değil misin, o ayrı bir konu. Yakınlığın anlamı kendini bir yabancının önünde açığa vurmaktır. Ve hepimiz yabancıyız; kimse kimseyi tanımıyor. Kendimize bile yabancıyız çünkü kim olduğumuzu bilmiyoruz.

Yakınlık seni bir yabancıyla yan yana getirir. Bütün savunmaları bırakman gerekir ancak o zaman mümkündür yakınlık. Ve korkuyorsun; eğer savunmaları, maskeleri bırakırsan kim bilir o yabancı sana ne yapacak? Bin bir türlü şey saklıyoruz; sadece başkalarından değil, kendimizden de. Çünkü her türlü baskı, çekingenlik ve tabuyla hasta düşmüş bir insanlık tarafından yetiştirildik. Korkuyorsun; o yabancıyla aranda biraz savunma, biraz mesafe tutmak sana kendini daha güvenli hissettiriyor. Ya senin zaaflarını, kırılganlığını, incinebilirliğini sana karşı kullanırsa? O insanla otuz-kırk yıl birlikte yaşamış olsan bile fark etmiyor, yabancılık hiç kalkmıyor ortadan.

Herkes yakınlıktan korkuyor.

Bu karmaşık bir sorun, çünkü herkes yakınlık istiyor. Herkes yakınlık istiyor, aksi halde bu evrende yapayalnızsın; arkadaşsız, sevgilisiz, güvenip yaralarını açabileceğin hiç kimse olmadan. Yaralar da açılmazlarsa asla iyileşmezler. Gizlendikçe daha tehlikeli olur, kansere dönüşürler.

Yakınlık temel bir ihtiyaç; herkes onun özlemini çekiyor.

Bir taraftan karşındaki insanın sana yakın olmasını, savunmaları bırakmasını, kırılganlığını ve yaralarını göstermesini, maskelerini ve sahte kimliğini bırakıp çıplak kalmasını istiyorsun. Öbür taraftan da yakınlıktan korkuyorsun; yakın olmak istiyorsun ama kendi savunmalarını bırakmıyorsun. Dostlar, sevgililer arasındaki çelişkilerden biri bu: Kimse savunmayı bırakıp çıplak ve içten olmak istemiyor, ama herkes yakınlık istiyor.

Eğer baskıları ve yasaklamaları bırakmazsan –ki bunların hepsi sana dinlerin, kültürün, toplumun, anne-babanın, eğitimin armağanı– kimseyle yakın olamazsın. Ve adımı senin atman gerekiyor.

Eğer hiç baskı ve yasağın yoksa yaran da yok demektir. Eğer basit ve doğal bir hayat yaşandıysa yakınlık korkusu da olmaz. Sadece iki alevin birleşmesinden doğan harika bir neşe duygusu vardır. Bu birleşme insana büyük bir mutluluk ve doyum verir. Ama işte bu yakınlığa ulaşabilmek için önce kendi evini baştan aşağı temizlemen gerekiyor.

Ancak meditasyonla yaşayan bir insan yakınlığın olmasına izin verebilir. Saklayacak bir şeyi yoktur. Başkasının öğrenmesinden korkabileceği her şeyi kendiliğinden bırakmıştır. Sadece sessizlik ve seven bir kalp vardır onda.

Kendini her şeyinle kabul etmelisin. Kendini her şeyinle kabul etmezsen, başkasının seni kabul etmesini nasıl beklersin? Herkes seni suçladı bugüne kadar ve sen de kendini suçlamaktan başka bir şey öğrenmedin. Bunu gizlemeye devam ediyorsun; başkalarına gösterilmesi hoş olmaz bunun. Biliyorsun, içinde çirkin şeyler gizli, kötü şeyler gizli, hayvanlık gizli. Eğer bakışını değiştirmez ve kendini varoluşun içinde bir hayvan olarak kabul etmezsen...

İngilizce'deki karşılığı "animal" olan bu hayvan kelime-

si kötü bir şey değil; "anima" kö-
künden geliyor. Tek anlamı var:
canlı olmak. Canlı olan herhangi
bir kimse hayvandır. Ama insana
hep şöyle dendi: "Sen hayvan de-
ğilsin; hayvanlar senden çok daha
aşağıda. Sen insansın." Sahte bir
üstünlük duygusu aşılandı sana.
İşin gerçeği, varoluşta üstünlük ya
da aşağılık yoktur. Varoluş için
her şey eşittir; ağaçlar, kuşlar, hay-
vanlar, insanlar. Varoluşta her şey
olduğu gibi kabul edilir, aşağılama yoktur.

> *İşin gerçeği, varoluşta üstünlük ya da aşağılık yoktur. Varoluş için her şey eşittir; ağaçlar, kuşlar, hayvanlar, insanlar. Varoluşta her şey olduğu gibi kabul edilir, aşağılama yoktur.*

Eğer kendi cinselliğini koşulsuz kabul edersen, insanın
ve dünyadaki her varlığın kırılganlığını da kabul edersin.
Hayat her an kopabilecek bir pamuk ipliğidir... Bunu kabul
ettiğin anda bütün sahte egoları bırakırsın; Büyük İskender
olmayı, Muhammed Ali olmayı; anlarsın ki, herkes kendi sı-
radanlığında güzel, herkesin zaafları var; bu da insan doğası-
nın bir parçası, çünkü insan çelikten yapılmış değil. Çok kı-
rılgan bir vücudun var. Hayatını sadece on iki derecelik bir
ısı aralığında sürdürebilirsin. Onun altına düştüğün ya da üs-
tüne çıktığın anda öldün demektir. Ve vücudun bunun gibi
bin bir tane sınırla kuşatılmış durumda. En temel ihtiyaçla-
rından biri, sana ihtiyaç duyulması. Ama kimse şunu kabul
etmek istemiyor: "İhtiyaç duyulmak, sevilmek, kabul edil-
mek benim temel ihtiyacım."

Böyle oyunlarla, ikiyüzlülüklerle yaşıyoruz; bu yüzden ya-
kınlık korkuya yol açıyor. Göründüğün şey değilsin. Görün-
tün sahte. Bir aziz gibi görünebilirsin ama içinde bütün arzu-
ları ve özlemleriyle bir insan var.

İlk adım kendini her şeyinle kabul etmek. Bütün insanlığı delirten o geleneklere rağmen. Kendini her şeyinle kabul ettiğin anda yakınlık korkusu da kaybolacak. O zaman saygınlığını, büyüklüğünü, egonu, dindarlığını, azizliğini kaybetmen mümkün değil; hepsini kendiliğinden bıraktın çünkü. Küçük bir çocuk gibisin, tamamen masum. Kendini açabilirsin, çünkü içinde sapkınlığa dönüşmüş çirkin baskılar yok. Hissettiğin her şeyi gerçek ve içten olarak ifade edebilirsin. Ve eğer sen yakın olmaya hazırsan, karşındakinin yakın olmasına da yol açabilirsin. Senin açıklığın onun açık olmasını kolaylaştırır. Senin içtenliğin, onun içtenliğine, masumluğuna, güvenine, sevgisine, açıklığına izin verir.

Eğer sen yakın olmaya hazırsan, karşındakinin yakın olmasına da yol açabilirsin. Senin açıklığın, onun açık olmasını kolaylaştırır. Senin içtenliğin, onun içtenliğine, masumluğuna, güvenine, sevgisine, açıklığına izin verir.

Saçma fikirlerle kafeslenmiş durumdasın ve eğer birine yakınlaşırsan onun tüm bu saçmalıkları fark etmesinden korkuyorsun. Ama biz kırılgan varlıklarız; tüm varoluşun en kırılgan varlıkları. İnsan yavrusu tüm hayvan yavruları içinde en kırılgan olanıdır. Diğer hayvan yavruları anne-babasız, ailesiz de hayatta kalabilir. Ama insan yavrusu anında ölür. Ve bu kırılganlık bir suçluluk sebebi değildir; bilincin en yüksek ifadesidir. Gül kırılgandır; taş olmadığı için. Taş yerine gül olduğu için insanın kendini kötü hissetmesine gerek yok.

İki insan gerçekten yakın olduklarında, artık yabancı

olarak kalmazlar. Diğerinin –belki herkesin– de senin gibi zayıflıklarla dolu olduğunu görmek güzel bir deneyimdir. Herhangi bir şeyin ifadesi ne kadar yüksekse, o kadar kırılgandır. Kökler çok güçlüdür ama çiçek o kadar güçlü olamaz. Bütün güzelliği de o kadar güçlü olmamasındadır. Sabah yapraklarını güneşe açar, bütün gün rüzgârla, yağmurla, güneşle dans eder, akşam olunca da yapraklarını dökmeye başlar. O artık yoktur.

Güzel ve değerli olan her şey çok anlıktır. Ama sen her şeyin kalıcı olmasını istiyorsun. Birini seviyorsun ve söz veriyorsun: "Seni hayatım boyunca seveceğim." Aslında çok iyi biliyorsun ki, yarından emin olamazsın; sahte bir söz veriyorsun. Bütün söyleyebileceğin şu: "Şu anda sana âşığım ve sana her şeyimi veriyorum. Bir sonraki an hakkında hiçbir şey bilmiyorum. Nasıl söz verebilirim? Beni affet."

Ama sevgililer her türden yerine getirilemez şeye dair birbirine söz verir. Sonra hayal kırıklığı çöker, mesafe büyür; arkasından kavga, çekişme, savaş ve daha mutlu olması beklenen hayat, bitmez tükenmez bir sefalet haline gelir.

Yakınlıktan korktuğunu fark edersen, büyük bir aydınlanma olabilir bu. Eğer içine bakar ve bütün o utançları bırakıp, doğanı –olması gerektiği gibi değil– olduğu gibi kabul edersen, bir devrim olabilir. Ben hiçbir "gereklilik" öğretmiyorum. Bütün gereklilikler insan zihnini hasta ediyor. İnsanlar "olmak" halinin güzelliğini, doğanın muhteşem büyüsünü keşfetmeli. Ağaçlar "On Emir" hakkında hiçbir şey bilmiyor, kuşlar kutsal kitaplardan haberdar değil. Sadece insan kendine böyle sorunlar yarattı. Kendi doğanı suçlayarak bölünüyorsun, şizofren oluyorsun.

Ve sadece sıradan insanlar değil, Sigmund Freud gibi insanlığın zihni anlamasına büyük katkıda bulunmuş kişiler de yapıyor bunu. O, psikanaliz yöntemini kullanmıştı; bilinçaltında gizli yatan şeylerin açığa çıkarılması yöntemini. Bütün sır burada: Bilinçaltında yatan herhangi bir şey açığa çıkarıldığı anda buharlaşır. İnsan temizlenir ve hafifler. Bilinçaltından ne kadar yük açığa çıkarsa, bilinç de o kadar gelişir. Bilinçaltı alanı küçüldükçe, bilinç alanı genişler.

Bu çok önemli bir gerçek. Doğu bunu binlerce yıldır biliyordu; ama Batıda bunu Sigmund Freud ortaya çıkardı. Doğuyu ve psikolojisini hiç tanımadan. Bu onun kendi bulgusuydu. Ama şaşırtıcı olan şu ki, kendine psikanaliz uygulanması için hiçbir zaman hazır hissetmedi kendini. Psikanalizin kurucusuna hiçbir zaman psikanaliz uygulanmadı. Meslektaşları ısrar ettiler: "Bize yöntemi öğrettin ve bize de psikanaliz uygulandı. Sana uygulanmasına neden bu kadar karşı çıkıyorsun?"

"Unutun gitsin." diye cevap verdi. Kendini açığa vurmaktan çok korkuyordu. Büyük bir dâhi olarak tanınmıştı, kendini açığa vurmak onu sıradan insanlarla aynı yere indirecekti. Ve o da aynı korkuları, arzuları, baskıları taşıyordu. Kendi rüyaları hakkında hiç konuşmazdı, sadece başkalarının rüyalarını dinlerdi. Ve arkadaşları ısrar ettiler: "Senin rüyalarını bilmek çok şey kazandırabilir bize." Ama o psikanaliz koltuğuna uzanıp rüyalarını anlatmayı hiç kabul etmedi çünkü onun rüyaları da herkesin rüyaları kadar sıradandı. Korkusu da buydu.

Gautam Buda meditasyon yapmaktan hiç korkmazdı. Onun bulgusu da buydu: Özel bir meditasyon yöntemi. Ve o psikanalize girmekten de korkmazdı, çünkü meditasyon yapan insan için yavaş yavaş tüm rüyalar kaybolur. Gün boyunca zihni sessiz kalır; düşüncelerin trafiği olmadan. Geceleri de derin uyur, çünkü rüyalar sadece yaşanmamış düşüncelerdir; gündüzden kalan yaşanmamış arzular ve özlemler. Kendilerini en azından rüyaların içinde tamamlamaya çalışırlar.

Rüyasında karısını gören bir adam ya da kocasını gören bir kadın bulmak zordur. Komşunun karısını ya da kocasını görmeleri çok daha sık rastlanan bir durumdur. Karısı zaten yanındadır; adam karısıyla ilgili bir şeyi gizli tutmamaktadır. Ama komşunun karısı daha güzeldir; o taraftaki çimler her zaman daha yeşil görünür. Ve elde edilemeyen şey, elde etmek için büyük bir özlem doğurur. Gündüz yapamaz bunu ama en azından rüyasında özgürdür; rüya görmeyi yasaklayan bir kanun henüz çıkmamıştır.

Yarın öbür gün bunu yapmanın yolu da bulunabilir, çünkü insanın rüya görüp görmediğini anlamanın yöntemi bulundu bile. Bir gün rüyaları bir ekrana yansıtmanın yöntemi de bulunabilir. Kafana birtakım elektrotlar takılır ve sen uykuda neşeyle rüya görürken, komşunun karısıyla sevişirken, bir salon dolusu insan bunu seyreder. Üstelik hepsi de senin bir aziz olduğunu falan sanıyordu.

Şu kadarını anlayabilirsin: Bir insan uyurken, göz kapaklarının içinde gözleri hareket etmiyorsa rüya yoktur. Hareket varsa rüya da vardır.

Bir gün rüyan ekrana yansıtılabilir. Belli rüyaları görmeye de zorlanabilirsin. En azından şimdiye kadar hiçbir kanun şöyle bir şeyden bahsetmez: "İnsan rüya görebilir, bu onun doğuştan hakkıdır."

Bir Gautam Buda rüya görmez. Meditasyon zihnin ötesinde bir yöntemdir. Günde yirmi dört saat tam sessizlikte oturur. Bilinç gölünde çırpıntı, düşünce, rüya yoktur.

Ama bir Sigmund Freud korkar çünkü rüyasında ne gördüğünü bilmektedir.

Bir hikâye duydum: Üç büyük Rus romancısı –Çehov, Gorki ve Tolstoy– bir bankın üstünde oturmuş, dedikodu yapmaktadır. Üçü çok iyi arkadaştır. Hepsi de dâhidir ve öyle iyi romanlar yazmışlardır ki bugün bile dünyanın en iyileri denen on romanın belki yarısı onlardan çıkmıştır. Çehov hayatındaki kadınları anlatmaktadır, Gorki de ona katılıp iki çift lâf eder. Ama Tolstoy sessiz kalır. Tolstoy çok Ortodoks, dindar bir Hıristiyandır. Mahatma Gandhi'nin Hindistan'da kendi ustası olarak gösterdiği üç adamdan birinin Tolstoy olduğunu duymak sana şaşırtıcı gelecektir.

Ve bu adam muhtemelen çok şeyi bastırmaktadır. Rusya'daki en zengin adamlardan biriydi –soylu bir ailedendi– ama fakir bir dilenci gibi yaşardı; çünkü İncil'e göre "Fakirler kutsanmıştır ve Tanrı'nın Krallığına onlar sahip olacaktır." Tolstoy da Tanrı'nın Krallığından vazgeçmeye niyetli değildi. Bu basitlik değil, bu arzu duymamak değil; aksine çok fazla arzu duymak. Fazla açgözlülük. Güç için çok fazla özlem duymak. Bu dünyadaki hayatını ve neşesini feda ediyor, çünkü çok küçük bir hayat bu ama sonsuzlukta cennetin ve Tanrı'nın Krallığının tadını çıkaracak. İyi bir pazarlık; biraz piyango gibi ama çok daha garantili.

Tolstoy çok yalnız bir hayat yaşamaktadır. Sadece sebze yiyerek. Nerdeyse bir azizdir. Doğal olarak rüyaları, fikirleri de epeyce çirkin şeylerdir muhtemelen. Çehov ve Gorki sorarlar: "Tolstoy neden sessizsin? Bir şey söyle." O da cevap verir: "Kadınlar hakkında tek kelime etmem. Ancak bir ayağım çukurda olduğu zaman belki bir şey derim. O zaman da diyeceğimi deyip mezara atlarım."

Konuşmaktan niye bu kadar korktuğunu anlayabilirsin. İçinde kaynayan bir kazan vardı. Tolstoy gibi bir adama yakınlaşmaya kalkmak pek akıllıca olmaz...

> *Yalnızca içinden geçen*
> *şeyleri söyle.*
> *Bu hayat kısa ve*
> *herhangi bir şekilde*
> *sonuçları düşünmekle*
> *harcanmamalı.*

Yakınlık kalbin kapılarının sana açık olmasıdır; içeri girip konuk olabilirsin. Ama bunu ancak, bastırılmış cinselliğin çürütmediği bir kalple yapabilirsin. İçinde sapkınlıklar kaynamayan, doğal bir kalple. Ağaçlar kadar doğal, çocuklar kadar masum. O zaman yakınlık korkusu olmaz.

Benim yapmaya çalıştığım bu: Bilinçaltındaki, zihnindeki yükleri atmana, sıradan olmana yardım etmek. O zaman istediğin kadar yakın dostun, yakın ilişkin olabilir çünkü hiçbir korkun olmaz. Herkesin okuyabileceği açık bir kitap olursun. Saklanacak bir şey olmaz.

Her sene Montana tepelerine giden bir avcı kulübü vardı. Kimin yemek pişireceğini belirlemek için kura çekerlerdi. Ve eğer yemekten şikâyet eden olursa, o zaman onun aşçı yerine geçip yemek pişirmesi gerekirdi.

Birkaç gün geçip de kimsenin ağzını açmayacağı belli olunca, Sanderson bir plan yaptı. Biraz geyik pisliği buldu ve o akşamın yemeğine iki avuç dolusu döktü. Akşam olunca yemeğe oturuldu, birkaç lokma yendikten sonra yüzler biraz buruştu ama kimse sesini çıkarmadı. Sonra birden biri sessizliği bozdu: "Bu zımbırtının tadı geyik pisliğine benziyor; ama çok iyi!"

Bir sürü farklı yüzün var. İçinden bir şey düşünüyorsun, dışından başka şey söylüyorsun. Organik bir bütün değilsin.

Rahatla ve toplumun sende yarattığı bölünmeyi yok et. İçinden nasıl geliyorsa öyle davran; sonuçları düşünmeden. Bu hayat kısa ve herhangi bir şekilde sonuçları düşünmekle harcanmamalı.

> *Dünya üstünde milyonlarca insan yaşadı, adlarını bile bilmiyoruz.*
>
> *Basit gerçeği kabul et: Birkaç günlüğüne buradasın ve gideceksin.*
>
> *Bu birkaç gün ikiyüzlülükle, korkuyla harcanmak için değil.*

İnsan tam olarak, yoğun olarak, neşeyle ve açık bir kitap gibi yaşamalı; isteyenin okuyabileceği bir kitap. Tarih kitaplarına geçmezsin elbette. Ama tarih kitaplarına geçsen ne olacak?

Hatırlanmak için uğraşmaya çalışmaktansa, yaşa. Öleceksin.

Dünya üstünde milyonlarca insan yaşadı; adlarını bile bilmiyoruz. Basit gerçeği kabul et: Birkaç günlüğüne buradasın ve gideceksin. Bu birkaç gün ikiyüzlülükle, korkuyla harcanmak için değil. Bu günler kutlanmak için.

Kimse geleceği bilmiyor. Cennet, cehennem, Tanrı birer teori. Elinde olan tek şey hayatın. Olabildiğince zengin yaşa onu.

Yakınlıkla, sevgiyle, kendini insanlara açarak zenginleşirsin. Ve eğer derin bir sevgiyle, derin dostlukla, derin yakınlıkla, bir sürü insanla birlikte yaşayabilirsen, doğru yaşadın demektir. Ve bundan sonra nerde olursan ol, sanatı öğrendin artık, orda da mutlu yaşayacaksın demektir.

Eğer basit, sevecen, açık, samimiysen, etrafında bir cennet oluşur. Eğer kapalıysan, sürekli savunma halindeysen, birinin zihnini okuyup rüyalarını, sapkınlıklarını öğreneceğinden korkuyorsan, cehennemde yaşıyorsun demektir. Cehennem senin içinde; cennet de öyle. Onlar birtakım coğrafi bölgeler değil, senin ruhsal alanların.

Kendini temizle. Meditasyon, zihninde biriken saçmalığı temizlemekten başka bir şey değildir. Zihin sessizleştiğinde

Ön söz

ve kalp şarkı söylemeye başladığında –hiçbir korku olmadan
ve muhteşem bir coşkuyla– yakınlığa da hazır olacaksın. Yakınlık olmadığı zaman, burada, yabancıların arasında yapayalnızsın. Yakınlık olduğunda dostların ve seni sevenlerle
çevrilisin. Yakınlık harika bir deneyim. İnsan onu kaçırmamalı.

EN ÖNCELİKLİ ŞEY: YAKINLIĞIN ABC'Sİ

İnsanlar meditasyonun, duanın, yeni var olma biçimlerinin arayışında.

Ama derin arayış ve daha temel olan arayış, varoluşa yeniden

kök salabilmek için olanı. İster meditasyon de buna, ister dua,

asıl önemli olan şu: Varoluşa yeniden nasıl kök salınır?

Köklerinden sökülmüş ağaçlar haline geldik ve kendimizden başka kimse

sorumlu değil bundan; aptalca doğaya egemen olma fikrimiz

yüzünden oldu bu.

Biz doğanın bir parçasıyız; bir parça nasıl bütüne egemen olabilir?

Dostluk kur onunla, sev, güven ve yavaş yavaş o dostluktan, o sevgiden,

o güvenden yakınlık doğar, yaklaşırsın. Doğa sana yaklaşır, doğa sırlarını

sana açmaya başlar. En büyük sırrı da, Tanrısallıktır.

Ve bu, sadece varoluşun gerçek dostlarına açıklanır.

OLDUĞUN YERDEN BAŞLA

Hayat bir arayıştır; sürekli bir arayış, ümitsiz bir arayış; arayanın ne aradığını bilmediği bir arayış. Aramak için çok derin bir içgüdü var ama insan ne aradığını bilmiyor. Ve öyle bir zihin durumu var ki, eline geçen şey ne olursa olsun seni tatmin etmiyor. Hayal kırıklığı insanın kaderiymiş gibi görünüyor; çünkü ulaştığın şey, ona ulaştığın anda anlamsızlaşıyor. Yeniden aramaya başlıyorsun.

Bir şey elde etsen de etmesen de, arayış devam ediyor. Neyin var neyin yok, hiç önemli değil çünkü arayış her durumda sürüyor. Fakirler arayışta, zenginler arayışta, hastalar arayışta, iyiler arayışta, güçlüler arayışta, güçsüzler arayışta, aptallar arayışta, bilgeler arayışta ve kimse tam olarak ne aradığını bilmiyor.

Bu arayışın ne olduğu ve neden orda olduğu anlaşılmalı. Öyle görünüyor ki, insanın varlığında, insanın zihninde bir boşluk var. İnsan bilincinin yapısında bir delik, bir kara delik var sanki. İçine sürekli bir şeyler atıyorsun ve hepsi kayboluyor. Sanki hiçbir şey onu dolduramıyor, hiçbir şey doyuma yaklaştırmıyor. Çok ateşli bir arayış bu. Bu dünyada arıyorsun, öbür dünyada arıyorsun. Bazen parada arıyorsun, bazen güçte, prestijde, bazen Tanrı'da, coşkuda, sevgide, meditasyonda, duada ama arayış devam ediyor. İnsan adeta aramaktan hasta olmuş durumda.

Ama arayış şimdi ve burada olmana izin vermiyor; çünkü arayış seni sürekli başka bir yere yönlendiriyor. Arayış bir yansıtma, arayış bir arzu; ihtiyaç duyduğun şeyin başka bir yerde olduğu fikri, onun var olduğu ama başka bir yerde olduğu, şimdi burada olmadığı fikri. Kesinlikle var ama şimdi değil, burada değil. Orada, başka bir zamanda asla şimdi burada değil. Seni didiklemeye devam ediyor, itip kakmaya devam ediyor. Seni daha da delirtiyor, çılgına çeviriyor. Ve asla tatmin olmuyor.

Çok yüce bir Sufi kadın, Rabia al-Adawia hakkında şöyle bir hikâye anlatıldığını duydum:

Bir akşam, güneş batarken, ortalıkta henüz biraz ışık varken insanlar onu sokakta bir şey ararken bulur. Yaşlı bir kadındır; gözleri zayıftır ve zor görmektedir. O yüzden de komşular yardıma gelir ve sorar: "Ne arıyorsun?"

Rabia cevap verir: "O sorunun hiç lüzumu yok. Arıyorum işte, yardım edebiliyorsanız, edin."

İnsanlar güler: "Rabia, delirdin mi? Sorunun lüzumu yok diyorsun ama ne aradığını bilmeden nasıl yardım ederiz?"

Rabia der ki: "Peki, öyle mutlu olacaksınız, iğnemi arıyorum. İğnemi kaybettim." Yardım etmeye başlarlar ama sokak çok büyüktür, iğne de çok küçük.

O yüzden derler ki: "Nerde kaybettiğini söyle, tam neresi olduğunu yoksa çok zor, ilelebet arasak da bulamayız iğneni. Nerde kaybettin?"

Rabia der ki: "O sorunun da lüzumu yok. Aramakla bunun ne alakası var?"

Komşular durur: "Sen iyice delirmişsin!"

Rabia cevap verir: "Peki, ille de öyle mutlu olacaksınız, evde kaybettim iğnemi."

"O zaman niye burada arıyorsun ki?" derler.

Söylendiğine göre Rabia şöyle cevap verir: "Çünkü burada ışık var, içerde hiç ışık yok."

19

Hiç kendine ne aradığını sordun mu? Hiç ne aradığını derin bir meditasyon konusu haline getirdin mi?.

Bu hikâye çok önemli. Hiç kendine ne aradığını sordun mu? Hiç ne aradığını derin bir meditasyon konusu haline getirdin mi? Hayır. Bazı belirsiz anlarda, rüya anlarında ne aradığına dair küçük bir hisse kapıldıysan bile; hiçbir zaman kesin değil, tam değil. Henüz tanımlamadın onu.

Tanımlamaya çalıştığında ne kadar tanımlanırsa, o kadar aramaya gerek olmadığını hissedeceksin. Arayış ancak belirsizlik durumunda sürebilir, bir rüya halinde. Netlik olmadığında aramaya devam edersin, içten gelen bir güdüye kapılarak, içten gelen bir aceleyle itilerek. Şunu biliyorsun: Aramaya ihtiyacın var. İçinden gelen bir ihtiyaç var. Ama ne aradığını bilmiyorsun. Ve ne aradığını bilmiyorsan, nasıl bulabilirsin?

Çok belirsiz; sanıyorsun ki anahtar parada, prestijde, saygınlıkta. Ama sonra saygın, güçlü insanlara bakıyorsun onlar da arıyor. Çok zengin insanlar görüyorsun, hayatlarının sonuna kadar aramaya devam ediyorlar. O zaman zenginlik de işe yaramıyor, güç de. Arayış, elinde ne olursa olsun devam ediyor.

Arayış başka bir şey için olmalı. Bu isimler, bu etiketler –para, güç, prestij– sadece zihnini tatmin etmek için. Sadece bir şey aradığını hissetmen için ordalar. Ama o şey hâlâ tarif edilemiyor: Tuhaf bir duygu.

Gerçek arayan için –biraz uyanmış ve farkında olan için– ilk gerekli şey, arayışı tanımlamak, ne olduğunun keskin bir tanımını yapmak, hayal dünyasından çıkarmak, derin bir uyanıklıkta onunla karşılaşmak, içine bakmak, onunla yüzleşmektir. Hemen bir dönüşüm başlayacak. Arayışını tanımlamaya başlarsan, arayışa olan ilgini kaybetmeye başlayacaksın. Ne kadar tanımlarsan, o kadar azalacak. Ne olduğunu net olarak bildiğin anda, birden yok olacak. O sadece sen dikkatli olmadığında var.

Tekrarlanmasına izin ver: Arayış sadece uykuda olduğun zaman var. Arayış sadece uyanık olmadığında var, arayış sadece farkında olmaman halinde var. Arayışa farkında olmamak yol açıyor.

Evet, Rabia haklı. İçerde ışık yok; içerde ışık olmadığı, bilinç olmadığı için, elbette dışarıda aramaya devam ediyorsun çünkü dışarısı daha net görünüyor.

Duyularımızın hepsi dışa dönük. Gözler dışa açılıyor, eller, bacaklar dışa doğru hareket ediyor, kulaklar dışarıdaki sesleri dinliyor. Sahip olduğun her şey dışa doğru açılıyor; beş duyu dışa dönük. Aramaya oradan başlıyorsun; gördüğün, hissettiğin, dokunduğun şeylerden. Duyuların ışığı dışa çevrili ve arayan ise içerde.

Bu ikiliğin anlaşılması gerekiyor. Arayan içerde ama ışık dışarıda olduğundan, arayan hırslı bir şekilde dışarıda tatmin edecek bir şey bulmak amacıyla harekete geçiyor. Hiçbir zaman bulunmayacak. Hiçbir zaman bulunmadı. Şeylerin doğası gereği bulunması mümkün değil çünkü eğer arayanı aramıyorsan bütün arayışın anlamsız. Eğer kim olduğunu anlamazsan arayışın boşuna çünkü arayanı tanımıyorsun. Arayanı tanımıyorsan doğru boyutta, doğru yönde aramayı nasıl başarabilirsin? Mümkün değil. Her şeyden önce ilk adımlar atılmalı.

Bu iki şey çok önemli: Birincisi, amacının ne olduğunu çok net olarak kendine ifade et. Karanlıkta oraya buraya çarparak dolaşmaya devam etme. Amacına odakla dikkatini: Ne arıyorsun? Çünkü bazen bir şeyi isterken başka bir şey ararsın, bu durumda bulmayı başarsan bile tatmin olmazsın. Başarmış insanları hiç gördün mü? Daha büyük bir yenilgiye hiç rastlamış mıydın? "Başarı başarıyı getirir" diye bir söz vardır. Kesinlikle yanlış. Başarı kadar büyük bir başarısızlık yoktur. O cümleyi aptal insanlar uydurmuş olmalı. Tekrarlıyorum: Başarı kadar büyük bir başarısızlık yoktur.

Söylendiğine göre Büyük İskender dünyanın hâkimi olduğu gün odasının kapılarını kapamış ve ağlamaya başlamış. Bu gerçekten oldu mu bilmem ama eğer biraz bile akıllı idiyse olmuş olmalı. Komutanları bundan çok rahatsız olmuşlar: Ne olmuştu? İskender'in ağladığını daha önce hiç kimse görmemişti. O türden bir adam değildi; büyük bir savaşçıydı. Onu büyük sıkıntıların içinde görmüşlerdi; hayatının tehlikede olduğu durumlarda, ölümün kapıda olduğu anlarda ve gözünden tek damla yaş geldiği görülmemişti. Umutsuz bir anında hiç görülmemişti. Şimdi ne olmaktaydı peki; başardığı anda, tam dünyanın hakimi olmuşken?

Kapısını çaldılar, içeri girip sordular: "Niye böylesiniz? Niye çocuk gibi ağlıyorsunuz?"

Cevap verdi: "Başardığım anda, şu anda, bunun yenilgi olduğunu biliyorum. Şimdi görüyorum ki dünyayı ele geçirme saçmalığına giriştiğim anda nerdeyse, şimdi de tam olarak oradayım. Ve bunu şimdi anladım, çünkü ele geçirecek başka yer kalmadı. Yoksa yoluma devam ederdim, daha öteleri de fethetmeye çıkardım. Şimdi ele geçirecek yer kalmadı, yapacak bir şey yok ve bir anda kendi üzerime düştüm."

Başaran adam sonunda kendisiyle tek başına kalır ve sonra cehennem azabı çeker çünkü bütün hayatını boşa harcamıştır. Aramış, aramış, elindeki her şeyi ortaya dökmüştür. Şimdi başarılıdır ama kalbi boştur, ruhu anlamsızdır, huzur yoktur, mutluluk gelmemiştir.

Eğer tüm arayışın bittiyse ve birden bilinecek tek bir şey olduğunu anladıysan —"Benim içimdeki arayan kim? Bu aramak isteyen enerji ne? Kimim ben?"— orada dönüşüm vardır.

İşte ilk bilinecek şey bu: Tam olarak ne aradığın. Bu konuda ısrarlıyım; çünkü arayışının hedefine gözlerini ne kadar odaklarsan, hedef de o kadar gözden kaybolur. Gözlerin tam olarak sabitlendiğinde, aniden, aranacak hiçbir şey yoktur; o anda gözlerin kendine doğru yönelmeye başlar. Arayışın hiçbir hedefi olmadığında, bütün hedefler kaybolduğunda boşluk vardır. Dönüşüm, içe dönüş, o boşluğun içindedir. Birden kendine bakmaya başlarsın. Şimdi arayacak hiçbir şey yoktur. Ve bu arayanın kim olduğunu bilmek için de yepyeni bir arzu yükselmektedir.

Arayacak bir şey olduğunda, bu dünyanın adamısın. Arayacak bir şey olmadığında; senin için "Bu arayan kim?" sorusu önemli olduğunda, işte o zaman dindar bir adamsın. Ben dünya adamıyla din adamını böyle tanımlıyorum. Eğer hâlâ bir şey arıyorsan –belki öbür hayatında, öbür kıyıda, cennette, hiç fark etmez– hâlâ dünya adamısın. Eğer tüm arayışın bittiyse ve birden bilinecek tek bir şey olduğunu anladıysan –"Benim içimdeki arayan kim? Bu aramak isteyen enerji ne? Kimim ben?"– orada dönüşüm vardır. Bütün değerler birden değişir. İçe doğru hareket etmeye başlarsın. O zaman Rabia kendi ruhunun karanlığında kaybolmuş bir şeyi aramak için sokağın ortasında oturmaz.

İçe doğru girmeye başlayınca... Önce çok karanlıktır; Rabia haklı, çok çok karanlık. Çünkü hayatlar boyu içeriye hiç girmedin; gözlerin hep dışa odaklanmıştı. Hiç fark ettin mi? Bazen sokaktan içeri girdiğinde, dışarıda da hava çok güneşliyse, evin içi çok karanlık görünür çünkü gözler dışarıdaki ışığa göre odaklanmıştı. Işık çok olduğunda gözbebekleri küçülür. Karanlıkta gözbebekleri açılır; karanlıkta daha geniş bir merceğe ihtiyaç vardır. Işıktayken daha küçük bir mercek de iş görür. Kamera böyle çalışır, gözler de, kamera insan gözü model alınarak icat edilmiştir.

Dışarıdan içeriye ilk girdiğinde ev karanlık görünür. Biraz oturup beklersen karanlık yavaş yavaş kaybolur. Daha fazla ışık var şimdi, gözler uyum sağladı. Hayatlar boyu parlak güneşte, dışarıda, dünyada dolaştın. O yüzden de içeri girmeyi ve gözlerini alıştırmayı unuttun. Meditasyon da sadece bu işte: Görme yeteneğinin, gözlerin uyumlu hale gelmesi. Hindistan'da buna üçüncü göz denir. Bu bir yerlerde duran gerçek bir göz değil, sadece bir uyum sağlama, görüşün tam olarak yeniden ayarlanması. Yavaş yavaş karanlık kaybolur. Hafif bir ışık seçilmeye başlar. İçeri bakmaya devam edersen –bu biraz zaman alır– giderek, yavaşça çok güzel bir ışık hissetmeye başlarsın. Güneş gibi saldırgan bir ışık değildir bu, ay ışığına daha çok benzer. Parlamaz, göz kamaştırmaz, serindir. Kızgın değildir, şefkatlidir, teskin edicidir.

Ve yavaş yavaş içerdeki ışığa alışınca, görürsün ki ışığın kaynağı sensin. Aranan, arayandır. O zaman hazinenin kendi içinde olduğunu görürsün; tek sorun onu dışarıda aramandı. Onu dışarıda arıyordun ve her zaman senin içindeydi. Her zaman burada, senin içinde oldu. Sadece yanlış tarafta arıyordun, o kadar.

Her şey herkes için olduğu kadar, senin için de ulaşılır durumda. Aynı Buda için, Baal-Shem için, Musa için, Muhammed için olduğu kadar. Seni bekliyor ama sen yanlış yöne bakıyorsun. Hazine söz konusu olunca, Buda'dan ya da Muhammed'den daha fakir değilsin hayır, Tanrı asla yoksul bir adam yaratmadı! Bu hiçbir zaman olmaz; olmaz, çünkü Tanrı seni zenginliğinin içinden yaratır. Tanrı nasıl yoksul bir adam yaratabilir? Sen onun bolluğundan akıyorsun, sen varoluşun parçasısın. Nasıl yoksul olabilirsin? Zenginsin, sınırsızca zengin; doğanın kendisi ne kadar zenginse, o kadar zengin.

Ama yanlış yöne bakıyorsun. O yüzden kaçırıyorsun. Ve bu, hayatta başarılı olmayacaksın anlamına gelmez; başarabilirsin. Ama yine de yenilmiş olacaksın. Seni hiçbir şey tatmin etmeyecek, çünkü dışarıda elde edebileceğin hiçbir şey içindeki hazineyle, içindeki ışıkla karşılaştırılamaz.

KENDİNİ BİLMEK, SADECE DERİN YALNIZLIKTA MÜMKÜNDÜR. Normal koşullarda, kendi hakkımızda bildiğimiz her şey, başkalarının görüşüdür. "İyisin" derler ve iyi olduğumuzu düşünürüz. "Güzelsin" derler ve güzel olduğumuzu düşünürüz. "Kötüsün" ya da "çirkinsin" derler... İnsanlar hakkımızda ne derse desin biriktirmeye devam ederiz. Bu, kimliğimiz haline gelir. Bu tamamen sahtedir, çünkü hiç kimse seni tanıyamaz, senin kim olduğunu senden başka kimse bilemez. Onlar sadece bazı yönleri tanırlar ve o yönler çok yüzeyseldir. Onlar sadece anlık ruh hallerini tanırlar, senin özüne giremezler. Sevgilin bile senin varlığının özüne giremez. Orada tamamen yalnızsın ve sadece orada kim olduğunu anlayacaksın.

> İnsanlar tüm hayatlarını başkalarının dediklerine inanarak geçiriyor; onlara bağımlı kalarak. O yüzden insanlar başkalarının görüşlerinden bu kadar çok korkuyor. Kötü olduğunu düşünürlerse, kötü oluyorsun. Seni suçlarlarsa, kendini suçlamaya başlıyorsun

İnsanlar tüm hayatlarını başkalarının dediklerine inanarak geçiriyor; onlara bağımlı kalarak. O yüzden insanlar başkalarının görüşlerinden bu kadar çok korkuyor. Kötü olduğunu düşünürlerse kötü oluyorsun. Seni suçlarlarsa, kendini suçlamaya başlıyorsun. Günah işledin derlerse, suçlu hissediyorsun. Onların görüşlerine bağımlı olduğun için onların fikirlerine uyum sağlamak zorundasın; yoksa görüşlerini değiştirirler. Bu kölelik yaratıyor, gizli bir kölelik. Eğer iyi, değerli, güzel, zeki olarak tanınmak istiyorsan, görüşlerine bağımlı olduğun insanlar için sürekli kendinden ödün vermek zorundasın.

Ve başka bir sorun çıkıyor. İnsanlar çok çeşitli olduklarından senin zihnini de farklı farklı görüşlerle doldurmaya devam ediyorlar; çelişen görüşlerle. Birinin dediği öbürüne uymuyor; bu yüzden de senin içinde büyük bir karmaşa var. Biri zekisin diyor, öbürü aptalsın diyor. Nasıl karar vereceksin? Bölünüyorsun. Kendinden şüpheleniyorsun, kim olduğundan... Ve karmaşa çok büyük, çünkü etrafında binlerce insan var.

Bir sürü insanla temas halindesin ve hepsi de senin zihnini kendi görüşüyle besliyor. Aslında hiçbiri seni tanımıyor —sen bile kendini tanımıyorsun— ama bütün bu birikinti senin içinde düğüm oluyor. Bu delirtici bir durum. İçinde bir sürü farklı ses var. Kim olduğunu ne zaman sorsan içerden bir sürü cevap geliyor. Kimi annenin, kimi babanın, kimi bir öğretmeninin sesi; bunun gibi bir sürü ses. Ve hangisinin doğru cevap olduğuna karar vermek imkânsız. Nasıl karar vermeli? Kriter ne? Burada insan kayboluyor. Bu, kendini bilmemek.

Ama başkalarına bağımlı olduğun için de yalnızlığına girmeye korkuyorsun, yalnızlığına girdiğin anda kendini kaybetmekten çok korkuyorsun. Her şeyden önce, zaten kendine sahip değilsin ama başkalarının söyledikleriyle yarattığın benliğin tümüyle geride bırakılmak zorunda. O yüzden içeriye girmek çok, çok korkutucu. Ne kadar derine girersen; kim olduğunu o kadar az bilirsin. O yüzden, aslında kendini tanımaya doğru ilerlerken, bu gerçekleşmeden önce kendin hakkındaki bütün fikirleri bırakmak zorunda kalacaksın. Bir boşluk olacak, bir çeşit hiçlik olacak. Kimliksiz olacaksın. Tamamen kaybolacaksın çünkü bildiğin her şey artık önemsiz ve neyin önemli olduğunu da henüz bilmiyorsun. Hıristiyan mistikler buna "ruhun karanlık gecesi" der. Bunun içinden geçmek gerekir ve bir kere geçince şafak söker. Güneş doğar ve insan kendini ilk kez olarak tanır. Güneşin ilk ışını ve her şey tamamlanır. Sabah kuşlarının ilk şarkıları ve her şeye ulaşılır.

GERÇEK OL

Dürüst olmak hakiki olmaktır; gerçek olmak sahte olmamak, maske kullanmamaktır. Gerçek yüzün her neyse, ne pahasına olursa olsun onu göster.

Unutma, bu başkalarının maskelerini düşürmen gerekiyor anlamına gelmez; onlar yalanlarıyla mutlu iseler bu onların kararıdır. Gidip başkaların maskelerini düşürmeye çalışma çünkü insanlar genelde böyle düşünür –gerçek olmalıyım, sahici olmalıyım derler– asıl bahsettikleri şey gidip başkalarını soymak zorunda olduklarıdır. "Niye kendini saklamaya çalışıyorsun? Bu giysilere gerek yok" derler. Hayır. Lütfen hatırla. Sen kendine karşı dürüst ol. Dünyadaki başka hiçbir insanı ıslah etmen gerekmiyor. Eğer kendin büyüyebilirsen bu yeterli. Başkalarına öğretmeye çalışma, kimseyi düzeltmeye çalışma, başkalarını değiştirmeye çalışma. Eğer sen değişirsen bu mesaj yeterlidir.

Gerçek olmak kendi özüne bağlı kalmaktır. Nasıl gerçek kalınır? Üç şeyi hatırlamak gerekir. Bir; başkalarının sana ne olman gerektiğine ilişkin söylediklerine asla kulak asma. Her zaman ne olmak istediğini, kendi iç sesini dinle. Yoksa bütün hayatın boşa gider. Annen mühendis olmanı ister, baban doktor olmanı ve sen şair olmak istersin. Ne yapmalı? Elbette anne haklı çünkü mühendis olmak ekonomik açıdan daha akıllıca. Baba da haklı çünkü doktor olmak piyasa açısından daha değerli. Şair olmak? Delirdin mi? Çıldırdın mı? Şairlerden herkes nefret eder. Kimse istemez onları. Onlara ihtiyaç yok, dünya şiirsiz de varolabilir; sırf şiir yok diye sorun çıkacak falan değil. Dünya mühendisler olmadan var olamaz, dünyanın mühendislere ihtiyacı var. Eğer ihtiyaç duyuluyorsan değerlisin demektir. İhtiyaç duyulmuyorsan değerin de yoktur.

Ama sen şair olmak istiyorsan şair ol. Belki dilenci olursun; güzel. Çok zengin olmayabilirsin ama dert etme. Çünkü aksi halde belki büyük bir mühendis olursun, çok para kazanabilirsin; ama asla doyuma ulaşamazsın. Özlemle yaşarsın; varlığın için için şair olma özlemi çeker.

Büyük bir bilim adamına, Nobel'le ödüllendirilen bir cerraha sormuşlar: "Nobel ödülünü alınca pek de mutlu görünmediniz. Sorun neydi?" O da demiş ki: "Ben her zaman dansçı olmak istemiştim. Aslında cerrah olmak istememiştim. Ama şimdi sadece cerrah olmadım, üstelik çok da başarılı bir cerrah oldum ve bu bir yük. Ben sadece dansçı olmak istemiştim ve şimdi, hâlâ çok kötü dans ediyorum; bu da bana acı veriyor. Birini dans ederken görünce kendimi berbat hissediyorum, cehennemdeymişim gibi. Bu Nobel ödü-

> *Gerçek olmak, kendine sadık kalmaktır. Çok tehlikeli bir şey bu; çok az insan bunu yapabilir. Ama bunu kim yaparsa elde eder. Tahmin edemeyeceğin kadar büyük bir güzellik, zarafet, mutluluk elde eder.*

lünü ne yapacağım? Dansın yerine geçemez, bana dansı vere-
mez."

Unutma, iç sesine bağlı kal. Seni tehlikeye yöneltebilir; o
zaman tehlikeye gir ama iç sesine bağlı kal. Ancak o zaman
günün birinde mutlulukla dans edeceğin bir duruma gelebi-
lirsin.

Her zaman şunu gözet: Senin varlığın her şeyden önce ge-
lir. Başkalarının seni kullanmalarına ve kontrol etmelerine
izin verme. Ve onlardan çok var; herkes seni kontrol etmeye
ve değiştirmeye hazır, sen hiç istemediğin halde sana yön
göstermeye hazır. Herkes sana hayatın için bir rehber verme-
ye çalışıyor. Rehber senin içinde, gerçek planı sen içinde ta-
şıyorsun.

Gerçek olmak kendine sadık kalmaktır. Çok tehlikeli bir
şey bu, çok az insan bunu yapabilir. Ama bunu kim yaparsa,
onu elde eder. Tahmin edemeyeceğin kadar büyük bir güzel-
lik, zarafet, mutluluk elde eder.

Herkes hayal kırıklığına uğramış görünüyor çünkü hiçbi-
ri iç sesini dinlemedi. Bir kızla evlenmek istedin ama Müslü-
mandı ve sen bir Hindusun; annenle baban izin vermedi.
Toplum kabul etmezdi, tehlikeliydi. Kız yoksuldu, sen zen-
gindin, o yüzden zengin bir kızla evlendin, herkes kabul etti;
bir tek senin kalbin kabul edemedi. Bu yüzden de şimdi çir-
kin bir hayatın var. Fahişelere gidiyorsun ama onlar bile yar-
dım edemiyor, zaten sen de hayatını para için sattın, bütün
hayatını harcadın.

Her zaman iç sesini dinle, başka bir şeyi de dinleme. Et-
rafında bin bir türlü ayartıcı var çünkü her insan bir şeyler sa-
tıyor. Bu dünya bir pazar yeri ve herkes sana bir şey satmaya
çalışıyor. Herkes bir satıcı. Çok fazla sayıda satıcıyı dinlersen

seni delirtirler. Kimseyi dinleme. Sadece gözlerini kapa ve içerdeki sesi dinle. Meditasyon budur: İçerdeki sesi dinlemek. İlk önce bu var.

İkinci olarak da –ancak ilkini yaptıysan bu ikinci mümkün olur– asla maske kullanma. Kızgınsan kızgın ol. Riskli olabilir bu belki, ama gülümseme, çünkü bu gerçek olmaz. Sana hep öfkeliysen bile gülümsemen öğretildi, ama o zaman gülüşün sahte olur, bir maske; dudaklarındaki bir hareket, başka bir şey değil. Kalbin öfkeyle, zehirle dolu ve dudaklar gülümsüyor; tümüyle sahtelik.

> 👁️👁️
> *Herkes bir satıcı. Çok fazla sayıda satıcıyı dinlersen seni delirtirler.*
> *Kimseyi dinleme. Sadece gözlerini kapa ve içerdeki sesi dinle.*

Bu durumda başka bir şey de olur; gülümsemek istediğinde de gülümseyemezsin. Bütün mekanizman şaşırdı çünkü kızmak istediğinde kızmadın, nefret etmek istediğinde nefret etmedin. Şimdi sevmek istiyorsun; bir de fark ettin ki, mekanizma işlemiyor. Şimdi gülümsemek istediğinde zorlanıyorsun. Aslında kalbin gülüşle dolu, kahkaha atmak istiyorsun ama gülemiyorsun. Kalbinde bir şey boğuluyor, boğazında bir şey düğümleniyor. Gülümseme gelmiyor ve gelse bile, soluk ve ölü bir gülüş. Seni mutlu etmiyor, içini baloncuklarla doldurmuyor. Etrafında ışıldamıyor.

Kızmak istediğinde kız. Kızgın olmak yanlış bir şey değil. Gülmek istiyorsan gül. Yüksek sesle gülmek yanlış bir şey değil. Yavaş yavaş sistemin çalışmaya başladığını göreceksin. Gerçekten çalıştığında göreceksin ki, bir sesi var. Tıpkı iyi çalışan bir otomobilin sesi gibi. Otomobili seven bir sürücü o anda her şeyin iyi gittiğini bilir; organik bir bütünlük vardır, mekanizma iyi çalışmaktadır.

Görebilirsin bunu; ne zaman bir insanın mekanizması iyi çalışsa çevresinde bu sesi hissedebilirsin. Yürürken adımlarında bir dans olur. Konuşurken sözcüklerinde gizli bir şiir duyulur. Sana baktığında, gerçekten bakar; ılık değildir, sıcaklığı hissedersin. Dokunduğunda gerçekten dokunur; enerjisinin sana geçtiğini hissedersin, hayat akımının yer değiştirdiğini... çünkü mekanizması iyi işlemektedir.

Maske kullanma; aksi halde mekanizmada bozukluklar, kilitlenmeler yaratırsın. Bedeninde bir sürü düğüm var. Öfkesini bastıran bir insanın çenesi kilitlenir. Bütün öfkesi çenesine kadar yükselir ve orada kalır. Elleri çirkinleşir, bir dansçınınkiler gibi zarif hareket etmezler, hayır; çünkü öfke parmaklara gelir ve kilitlenir. Unutma öfkenin iki serbest kalma noktası vardır: dişler ve parmaklar. Bütün öfkeli hayvanlar ya ısırırlar ya da pençe atarlar. Parmaklar ve dişler öfkenin çıkış noktalarıdır.

> *Bütün mekanizman şaşırdı çünkü kızmak istediğinde kızmadın, nefret etmek istediğinde nefret etmedin. Şimdi sevmek istiyorsun; bir de fark ettin ki, mekanizma işlemiyor.*

Öfkesini fazlasıyla bastıran insanların dişlerinde problem çıktığına ilişkin kuşkularım var. Dişler bozuluyor çünkü orda çok fazla enerji var ve hiç serbest kalmıyor. Ve öfkesini bastıran insan daha çok yemek yiyor. Öfkeli insanlar çok yiyor çünkü dişlerin harekete ihtiyacı var. Öfkeli insanlar daha çok sigara içiyor. Öfkeli insanlar daha çok konuşuyor. Saplantılı konuşmacılar çıkıyor ortaya çünkü enerjinin serbest kalması için çenenin harekete ihtiyacı var. Öfkeli insanların elleri de yamuluyor, çirkinleşiyor. Enerji serbest kalsa eller de güzelleşirdi.

Bir şeyi bastırırsan, bedende o duyguyu karşılayan bir yer vardır. Ağlamak istemezsen, gözler parlaklığını yitirir, çünkü göz yaşları gereklidir; çok canlı şeylerdir onlar. Ara sıra ağladığın zaman, iyice içine gir, tamamen bırak kendini, gözyaşları aksın; o zaman gözlerin temizlenir, gözler tazelenir, gençleşir.

O yüzden kadınların gözleri daha güzeldir, çünkü onlar hâlâ ağlayabiliyor. Erkeklerin gözleri güzeliğini kaybetti çünkü erkekler ağlamaz diye yanlış bir fikir var. Küçük bir oğlan ağladığında annesi, babası hemen "Ne yapıyorsun kız gibi öyle?" diye atlıyor. Ne saçmalık. Tanrı erkeğe de kadına da aynı gözyaşı bezlerini vermiş. Erkeklerin ağlamaması gerekseydi gözyaşı bezleri de olmazdı: basit matematik. Niye erkeklerde de kadınlarla tıpatıp aynı gözyaşı bezleri var? Gözlerin ağlamaya ihtiyacı var ve doya doya ağlamak çok güzel bir şey.

Unutma, doya doya ağlamazsan gülemezsin de, çünkü o da aynı şeyin diğer kutbudur. Gülebilen insanlar ağlayabilir de; ağlamayan insanlar gülemez. Bazen çocuklarda görmüşsündür; uzun uzun, yüksek sesle gülünce ağlamaya başlarlar. İkisi birleşir. Bazı anneler çocuklarına "Çok gülme, sonra ağlarsın." der. Bunda doğruluk payı vardır çünkü ikisi aynı enerjidir; sadece farklı kutuplardan çıkıyor. O zaman, ikinci önemli şey: Maske kullanma; ne olursa olsun gerçek ol.

Ve gerçek olmakla ilgili üçüncü şey: Her zaman şimdide kal, çünkü bütün sahtelik ya geçmişten, ya da gelecekten sızar. Geçmiş geçmiştir. Artık onu kafana takma ve yük olarak taşıma. Aksi halde, şimdinin gerçeğini yaşamana izin vermez.

> *Geçmiş geçmiştir.*
> *Artık onu kafana*
> *takma ve yük olarak*
> *taşıma. Aksi halde,*
> *şimdinin gerçeğini*
> *yaşamana izin vermez.*

Ve gelecek olan da henüz gelmedi. Boşuna gelecekle kafanı yorma yoksa şu ana gelir ve onu mahveder. Şimdiye sadık kal, o zaman gerçek olursun. Şimdi, burada olmak gerçek olmaktır. Geçmiş yok, gelecek yok; bu an, hepsi bu. Bütün sonsuzluk bu anda.

Bu üç şeyle gerçekliğe ulaşırsın. O zaman her söylediğin gerçek olur. Genellikle gerçeği söylemek için dikkatli olmak gerektiği zannedilir. Ben bunu söylemiyorum. Ben diyorum ki, gerçekliği yarat, o zaman her söylediğin de gerçek olur.

GERÇEK MANTIKLI BİR ŞEY DEĞİLDİR. Gerçek derken mantıklı, rasyonel yöntemlerle ulaşılan bir sonuçtan bahsetmiyorum. Gerçek derken var olmanın gerçekliğinden, olmadığın bir şeyi zorlamamaktan, ne olursa olsun olduğun şey olmaktan, ikiyüzlü olmamaktan bahsediyorum. Kederliysen kederlisindir. O anın gerçeği budur, gizleme bunu. Sahte bir gülümseme takınma çünkü o gülümseme sende bölünme yaratır. İkiye bölünürsün; bir parçan gülümser –ve bu küçük bir parçandır– ama asıl büyük parçan kederli kalır. Şimdi bir bölünme oldu ve bunu tekrar tekrar yapmaya devam edersen...

Öfkeliyken öfkeni göstermiyorsun, bunun imajını bozacağından korkuyorsun çünkü insanlar senin çok şefkatli olduğunu düşünüyor, hiç öfkelenmediğini söylüyor. Bu onların hoşuna gidiyor, senin de egonu okşuyor. Şimdi, öfkelenmek senin güzel imajını bozacak; o yüzden öfkeni bastırıyorsun.

33

İçersi kaynıyor; ama yüzeyde şefkatli, iyi, nazik, tatlısın. İşte bölünme hali bu. İnsanlar bunu hayat boyu yapıyor; sonra da bu bölünme tamamen yerleşiyor. Yalnızken ve hiç rol yapmaya gerek yokken bile rol yapmaya devam ediyorsun artık doğal bir şey haline gelmiş. İnsanlar tuvaletteyken bile gerçek değiller, tamamen yalnızken bile sahtelik devam ediyor. Artık bu gerçek ya da sahte olma meselesi değil, sadece alışkanlık. Hayat boyu bunun pratiğini yapmışlar ve pratik arttıkça iki bölüm arasındaki mesafe daha da büyüyor.

Artık birleştirilemez hale gelince de adına şizofreni deniyor. Kendi öbür yarınla temas kuramadığın zaman artık nerdeyse iki insan haline geliyorsun: Bu ciddi bir akıl hastalığı. Ama herkes bölünmüş durumda, o yüzden de şizofrenle normal arasındaki fark sadece bir derece meselesi. Ne olduğuna değil, ne kadar olduğuna dayalı bir fark.

Gerçek derken, rol yapmamaktan bahsediyorum. Olduğun gibi ol; bir an kederlisin, sadece o an kederlisin. Ve sonraki an mutlusun, artık kederli kalmanın bir anlamı yok. Çünkü bu da öğretiliyor; tutarlı olmak, tutarlı kalmak. Bilirsin, kederlisindir ve sonra birden keder yok olur ama birden de gülemezsin o anda, çünkü insanlar ne der? Delirdin mi? Biraz önce kederliydin, şimdi birden gülmek ne demek? Ancak delilerle çocuklar yapar bunu, sana yakışmaz. Biraz beklemen lazım ki, belli bir durum olsun, yavaş yavaş rahatla; tekrar gülmeye ancak o

> *Yalnızken ve hiç rol yapmaya gerek yokken bile rol yapmaya devam ediyorsun; artık doğal bir şey haline gelmiş. İnsanlar tuvaletteyken bile gerçek değiller, tamamen yalnızken bile sahtelik devam ediyor.*

zaman başlayabilirsin.

Yani sadece kederliyken gülümser rolü yapman yetmiyor, gülmek istediğin zaman da üzgün görünmelisin çünkü senden tutarlı olman bekleniyor. Aslında her an kendine özgüdür ve hiçbir anın diğeriyle tutarlı olması gerekmez. Hayat bir ırmaktır, ruh halleri sürekli değişir. Tutarlı olacağım diye uğraşmana gerek yok. Tutarlılığı kafasına takan insan sahte olmak zorunda kalır çünkü sadece yalanlar tutarlı olabilir. Gerçek sürekli değişir. Gerçeğin kendi çelişkileri vardır. Bu da onun zenginliğidir, büyüklüğüdür, güzelliğidir.

Kederliysen kederli ol o zaman; suçluluk hissetmeden, iyi ya da kötü diye yargılamadan. İyi-kötü meselesi yok bunda, sadece öyle işte. Ve gittiği zaman da bırak gitsin. Tekrar gülmeye başladığın zaman, "Biraz önce üzgündüm, şimdi nasıl gülebiliyorum?" diye suçluluk hissetme. Gülebilmek için birinin espri yapmasını, buzları kırmasını bekliyorsan, bu da ikiyüzlülüktür. Mutluysan mutlu ol, rol yapmana gerek yok.

Ve unutma, her an atomik bir gerçekliktir. Geçmişe de, geleceğe de bağımlı değildir. Her an atomiktir. Birbirlerini dizi halinde izlemiyorlar, çizgisel değiller. Her anın kendi oluşu var ve sen de o olmalısın, o anda, başka bir şey değil. Gerçek bu anlama gelir işte.

Gerçek hakikattir; gerçek içtenliktir. Gerçek mantıksal değildir. Sahici olmanın ruhsal durumudur, bir ideale uygunluk değildir. Çünkü eğer bir ideal varsa, sahte olursun. Eğer Buda olmak gerçek olmaktır diye düşünüyorsan, hiçbir zaman gerçek olamazsın, çünkü sen Buda değilsin, o zaman Buda olmak için kendini zorlarsın. Buda gibi oturabilirsin, nerdeyse mermerden bir heykel haline gelebilirsin ama içinde hiçbir şey değişmez. Buda sadece bir duruş haline gelir. Eğer bir idealin varsa anın gerçeğini yaşayamazsın çünkü ideal hep ordadır ve ideali taklit etmen gerekir.

Gerçek insanın ideali yoktur. Andan ana yaşar; anda nasıl hissediyorsa öyle yaşar. Ben insanların böyle olmalarını istiyorum; gerçek, sahici, içten, kendi ruhlarına karşı saygılı.

KENDİNİ DİNLE

Her zaman kendi duygularını dinle, etrafa bakmana gerek yok. Zaten insanlara bakarken onların tam olarak ne olduğunu da göremezsin çünkü yüzleri onların gerçeği değildir; senin yüzünün senin gerçeğin olmadığı gibi. Dış görüntüleri içlerini yansıtmaz, senin dış görüntünün senin içini yansıtmadığı gibi.

Bu toplumun ikiyüzlülüğüdür; içi, özü, gerçek yüzü göstermemek. Gizlemek. Sadece çok yakın ve anlayabilecek birine göstermek. Ama yakın olan kim? Sevgililer bile gerçek yüzlerini birbirlerine göstermez. Çünkü bilemezler; şimdi sevgili olan biraz sonra olmayabilir. Böylece herkes bir ada olur, kapanır.

Başkalarına bakma, kendine bak. Ve ne pahasına olursa olsun, içindekinin dışarı çıkmasına izin ver. Bastırmaktan daha büyük risk olamaz. Bastırırsan bütün yaşama sevincini kaybedersin. Bastırmaya devam edersen bütün hayatını kaybedersin. Zehirdir bu, varlığını zehirler.

Kalbini dinle ve orada ne var-

> Başkalarına bakma, kendine bak. Ve ne pahasına olursa olsun içindekinin dışarı çıkmasına izin ver. Bastırmaktan daha büyük risk olamaz

36

sa dışarı çıkar. Kısa zamanda dışarı çıkarmakta ustalaşacaksın ve bundan mutluluk duyacaksın. Gerçek olmayı bir kere tanıdığında bu öyle güzel bir şeydir ki, sahte olmakla yetinemez olursun. Sahte olmaya devam etmenin sebebi gerçeğin tadını bilmemendir. Çocukluğun en başından itibaren gerçek bastırılır. Çocuk daha gerçeğin ne olduğunu tanımadan ona bastırmak öğretilir. Bilinçaltı yöntemlerle, mekanik yöntemlerle, ne yaptığını bilmeden bastırmaya devam eder.

Kendine karşı gerçek ol; başka bir sorumluluğun yok. İnsan kendi varlığına karşı sorumludur. Sadece kendi varlığına cevap verebilirsin ve Tanrı sana niye başkası olmadığını sormaz.

Musevi mistik Josiah hakkında bir hikâye anlatılır. Ölürken ona niye Tanrı'ya dua etmediğini sormuşlar, "Musa acaba sana şahitlik yapacak mı?" demişler. "Tanrı bana neden Musa olmadığımı sormayacak." diye cevap vermiş, "Neden Josiah olmadığımı soracak."

Bütün mesele bu: kendin olmak. Bunu çözebilirsen öbür meselelerin hepsi sorun olmaktan çıkar. O zaman hayat, yaşanacak güzel bir gizem haline gelir. Çözülecek değil; yaşanacak ve keyfine varılacak.

KENDİNE GÜVEN

Güven ancak önce kendine güvenirsen mümkündür. Bu en temel olan şey önce senin içinde gerçekleşmeli. Eğer kendine güvenirsen bana güvenebilirsin, insanlara güvenebilirsin, varoluşa güvenebilirsin. Eğer kendine güvenmezsen, başka hiçbir güven mümkün değildir.

Ve toplum güveni köklerinden yok ediyor. Kendine güvenmene izin vermiyor. Başka güven türlerini öğretiyor –ana-babaya güven, kiliseye güven, devlete güven, Tanrı'ya güven– ama özgüven yok ediliyor. Ve o zaman güvenin diğer biçimleri de sahte kalıyor; sahte kalmak zorunda. Güvenin diğer biçimleri plastik çiçekler gibi kalıyor. Gerçek çiçeklerin büyümesi için gereken köklerin yok.

Toplum bunu bilerek, kasıtlı olarak yapıyor çünkü kendine güvenen insan toplum için tehlikelidir. Kölelik üstüne kurulu bir toplum için tehlikelidir. Kendine güvenen insan özgür insandır. Ne yapacağı önceden bilinmez, kendi yolunda yürüyecektir. Hayatı özgürlük olacaktır. Hissettiği zaman, sevdiği zaman güvenecektir ve onun güveni çok yoğun ve gerçek olacaktır. Onun güveni hayat dolu ve sahici olacaktır. Ve duyduğu güven doğrultusunda her şeyi riske atmaya hazırdır ama sadece hissettiği zaman, kalbine dokunduğu zaman, zekâsına ve sevgisine dokunduğu zaman. Yoksa değil. Onu bir şeye inanmaya zorlayamazsın.

> Gerçek olmayı bir kere tanıyınca, bu öyle güzel bir şeydir ki, sahte olmakla yetinemez olursun. Sahte olmaya devam etmenin sebebi, gerçeğin tadını bilmemendir.

Bu toplum inanç üstüne kurulu. Bütün yapısı kendi kendini hipnotize etme üstüne kurulu. Bütün yapısı insanlar değil, robotlar ve makineler yaratmak üstüne kurulu. Bağımlı insanlara ihtiyacı var. O kadar ki, o yarattığı insanlar sürekli hükmedilme ihtiyacındalar, kendi diktatörlerini arıyorlar, Hitler'lerini, Mussolini'lerini, Stalin'lerini, Mao'larını arıyorlar. Bu güzel dünyayı hapishaneye çevirdik. Bir avuç güç delisi insan bütün insanlığı sürüye çevirdi. İnsanın hayatta kalmasına ancak bin bir türlü saçmalığa göz yumması durumunda izin veriliyor.

Şimdi bir çocuğa Tanrı'ya inanmasını söylemek saçmalıktır, tümüyle saçmalık. Tanrı var olmadığı için değil çocuk henüz o susuzluğu, arzuyu, özlemi hissetmediği için. Çocuk henüz gerçeği, hayatın en yüce gerçeğini araştırmaya hazır değil. Henüz varoluşun gerçeğini araştıracak kadar olgun değil. O aşk bir gün kendiliğinden oluşacak ama sadece çocuk hiçbir inanca zorlanmazsa. Araştırma ve bilme susuzluğu oluşmadan dönüştürülürse bütün hayatı boyunca sahte yaşayacaktır, yarım yaşayacaktır.

Evet, Tanrı hakkında konuşur, çünkü ona Tanrı'nın varolduğu söylenmiştir. Otoriteyle söylenmiştir, çocukluğunda ondan güçlü olan insanlar; anne-babası, din adamları, öğretmenler tarafından. Ona öyle söylendi ve o da hayatta kalmak için kabul etmek zorundaydı. Anne-babasına hayır diyemezdi, çünkü onlar olmadan hayatta kalamazdı. Hayır demek riskliydi evet demek zorundaydı. Ama bu "evet" gerçek olamaz.

Nasıl gerçek olabilir? Politik olarak evet diyor, hayatta kalmak için. Ona din öğretmedin, diplomasi öğretti, bir politikacı yarattın. Gerçek bir varlık olma potansiyelini mahvettin. Zehirledin onu. Zekâ potansiyelini mahvettin çünkü zekâ, ancak bilme özlemi yükseldiği zaman doğar. Şimdi o özlem asla doğmayacak çünkü henüz soru çocuğun ruhunu ele geçirmeden ona cevap verildi. Henüz acıkmamışken, zorla yemek yedirildi. Açlık olmadan bu yemek sindirilemez. İşte bu yüzden insanlar, içinden sindirilmemiş bir hayat geçen borular gibi yaşıyorlar.

Çocuklara karşı çok sabırlı olmak gerekir, zekâlarının gelişimini engellememek, onları zorla Hıristiyan, Hindu, Müslüman yapmamak için çok dikkatli olmak gerekir. Sonsuz bir sabır gerekir. Ve bir gün çocuk kendiliğinden merak etmeye başladığında, o mucize olur. O zaman da, onu hazır cevaplarla doldurma. Hazır cevaplar kimseye yardım etmez, hazır cevaplar sıkıcı ve saçmadır. Ona cevaplar vermek yerine onun zekâsını keskinleştirecek ortamlar yarat. O zaman daha derin sorular sorar; soru varlığının özüne işler, soru bir ölüm-kalım meselesi haline gelir.

Bu güzel dünyayı hapishaneye çevirdik. Bir avuç güç delisi insan, bütün insanlığı sürüye çevirdi. İnsanın hayatta kalmasına ancak bin bir türlü saçmalığa göz yumması durumunda izin veriliyor.

Ama buna izin verilmiyor. Ana-babalar çok korkuyor, toplum çok korkuyor. Çocuklar özgür bırakılırsa, kim bilir, belki de ana-babalarının kalıplarına girmezler, aynı kurallara uymazlar. Kim bilir zekâları kendiliğinden gelişirse neler olur? Kontrol altına girmezler o zaman. Bu toplum herkesi kontrole almak, herkesin ruhuna sahip çıkmak için giderek daha derin politikalar yaratıyor.

O yüzden ilk yapılan şey güveni parçalamak; çocuğun kendine olan güvenini parçalamak. Onu titrek ve korkak bir hale getirmek zorundalar. Bir kere titremeye başladı mı, kontrol edilebilir. Kendine güvenirse kontrol edilemez. Kendine güvenirse kendi istediğini yapar, kendi yolundan gitmek ister. Başkasının yap dediğini asla yapmak istemez. Kendi yolculuğuna çıkar, başkasının arzularına göre hareket etmez. Asla taklitçi olmaz, asla sıkıcı ve ölü bir insan olmaz. Öyle canlı ve hayat dolu olur ki onu kimse kontrol edemez.

Güvenini parçala o zaman kısırlaştırırsın onu. Gücünü aldın elinden, artık bundan sonra her zaman ona hükmedecek, emir verecek, onu yönetecek birine muhtaç olacak. Şimdi iyi bir asker, iyi bir vatandaş, iyi bir milliyetçi, iyi bir Hıristiyan, iyi bir Müslüman, iyi bir Hindu olabilir.

Evet, bunların hepsi olabilir. Ama gerçek bir birey olamaz. Köklere sahip olamaz, hayat boyu kökleri olmadan yaşar. Kökleri olamaz ve kökleri olmadan yaşamak, sefalet içinde yaşamaktır, cehennemde yaşamaktır. Tıpkı ağaçların toprağa kök salmaya ihtiyaç duyduğu gibi insan da varoluşa kök salmaya ihtiyaç duyar. Yoksa zekâdan yoksun bir hayat sürer.

> Çocuklara karşı çok sabırlı olmak gerekir, zekâlarının gelişimini engellememek için çok dikkatli olmak gerekir.

Geçenlerde bir hikâye okudum:

Eskiden beri dost olan üç cerrah bir tatilde buluşur. Deniz kıyısında otururken övünmeye başlarlar. Birincisi der ki: "Savaşta iki bacağını birden kaybetmiş bir adam getirdiler bana. Ona yapay bacaklar taktım ve bir mucize oldu. Adam dünyanın en iyi koşucularından biri haline geldi. Büyük ihtimalle önümüzdeki olimpiyatlarda şampiyon olacak."

İkincisi konuşur: "O bir şey değil. Ben otuzuncu kattan düşen bir kadına rastladım. Yüzü tamamen göçmüştü. Harika bir ameliyat yaptım. Geçenlerde gazetede okudum ki, kadını dünya güzellik kraliçesi seçmişler."

Üçüncüsü alçakgönüllü bir adamdır. Öbürleri ona dönüp sorar: "Sen ne yaptın son zamanlarda?"

41

Adam cevap verir: "Önemsiz bir şey, zaten bu konuda konuşmaya iznim de yok."

Öbür ikisi meraklanır. "Ama biz arkadaşınız, sırrını saklarız. Merak etme kimse duymaz."

O da cevap verir: "Peki, madem öyle, söz veriyorsanız... Adamın biri bana geldi. Trafik kazasında kafasını kaybetmişti. Ne yapacağımı şaşırdım. Ne yapayım diye düşünmek için bahçeye koştum. Karşıma bir lahana çıktı. Başka bir şey bulamayınca ben de o lahanayı alıp kafanın yerine taktım. Ve ne oldu bilin bakalım: Adam, Amerika Birleşik Devletleri başkanı seçildi."

Çocuğu mahvetmiş olsanız bile, Birleşik Devletler başkanı seçilebilir. Zekâ sahibi olmadan başarılı olmak görülmemiş bir şey değildir. Aslında zekâ sahibi olup başarılı olmak daha zordur, çünkü zeki insan yaratıcıdır. Her zaman, zamanının ötesindedir. Onu anlamak için zaman gerekir.

> *Zeki olmayan insan kolayca anlaşılabilir. Toplumdaki yerleşik anlayışla uyumludur; toplumun elinde onu yargılayacak değerler ve kriterler bulunur. Ama toplumun bir dâhiyi değerlendirebilmesi için yıllar gerekir*

Zeki olmayan insan kolayca anlaşılabilir. Toplumdaki yerleşik anlayışla uyumludur; toplumun elinde onu yargılayacak değerler ve kriterler bulunur. Ama toplumun bir dâhiyi değerlendirebilmesi için yıllar gerekir.

Ben zeki olmayan insanın başarılı, ünlü olamayacağını söylemiyorum. Onun sahte olarak kalacağını söylüyorum. Ve sefalet de burada: Ünlü olabilirsin; ama sahteysen bir zavallı olarak yaşarsın. Hayatın sana ne zenginlikler yağdırdığını asla bilemezsin. Bunu anlayabilecek zekâya sahip olmazsın. Varoluşun güzelliğini asla görmezsin, çünkü onu tanıyacak duyarlılığın olmaz. Çevreni saran saf mucizeyi hiç görmezsin, çünkü onu görebilmek için muhteşem bir anlama, hissetme, olma kapasitesine ihtiyacın var.

Bu toplum, güce odaklı bir toplum. Bu toplum hâlâ çok ilkel ve barbar. Birkaç insan –siyasetçiler, din adamları, akademisyenler– hâlâ milyonlara hükmediyor. Ve bu toplum öyle yönetiliyor ki hiçbir çocuğun zeki olmasına izin verilmiyor. Ara sıra bir Buda'nın dünyada ortaya çıkması tamamen kaza eseri. Kırk yılda bir nasıl oluyorsa birisi toplumun pençelerinden kurtulabiliyor. Kırk yılda bir birisi toplum onu zehirlemeden kalabiliyor. Bu toplumun bir çeşit hatası, bir yanlışı sonucu olmalı. Aksi halde toplum senin köklerini parçalamayı, kendine güvenini yok etmeyi başarır. Ve bu bir kere yapıldı mı artık kimseye güvenmen mümkün değildir. Bir kere kendini sevme yeteneğin yok oldu mu artık kimseyi sevmen mümkün değildir. Bu mutlak bir gerçek, bunun istisnaları yok. Başkalarını sevmen ancak kendini seviyorsan mümkündür. Ama toplum kendini sevmeyi lanetler. Bunun bencillik olduğunu söyler, narsistlik olduğunu söyler.

Evet, kendini sevmek, kendine hayran olmana, narsizme dönüşebilir. Ama öyle olması gerekmez. Ancak kendini aşamaması durumunda narsizme dönüşür ancak kendi kendine saplanıp kalırsa o zaman bir çeşit bencillik haline

> 66
> *Ara sıra bir Buda'nın dünyada ortaya çıkması, tamamen kaza eseri. Nasıl oluyorsa, kırk yılda bir, birisi toplumun pençelerinden kurtulabiliyor.*

gelir. Aksi halde kendini sevmek diğer bütün sevgilerin başlangıcıdır.

Kendini seven insandan, er ya da geç, sevgi taşmaya başlar. Kendine güvenen insan başkasına karşı güvensizlik duyamaz. Onu aldatacak olan insanlara karşı bile, onu aldatmış olan insanlara karşı bile. Evet, onlara karşı bile güvensizlik duyamaz, çünkü artık güvenin başka her şeyden daha değerli olduğunu bilmektedir.

Birini aldatabilirsin; ama nasıl aldatacaksın? Biraz parasını, ya da başka bir şeyini alabilirsin. Ama güvenin güzelliğini tanıyan bir insan bu küçük şeylerle oyalanmaz. Seni yine de sevecektir, sana yine de güvenecektir. Ve sonra bir mucize olur: Eğer bir insan sana gerçekten güveniyorsa onu aldatman imkânsızdır, nerdeyse imkânsız.

Her gün senin hayatında da oluyor bu. Ne zaman birine güvensen, o insanın seni aldatması imkânsız hale geliyor. Bir tren istasyonunda otururken, yanında tanımadığın bir adam oturmaktadır ve ona dersin ki: "Lütfen bavullarıma göz kulak olun. Gidip bilet almam gerekiyor." Ve gidersin. Hiç tanımadığın bir yabancıya güvenmişsindir. Ama o yabancının seni aldattığı nerdeyse hiç görülmez. Ona güvenmemiş olsaydın seni aldatabilirdi.

Güvenin içinde büyülü bir şey vardır. Sen ona güvenmiş olduğuna göre şimdi seni nasıl aldatsın? Nasıl o kadar aşağılık olabilir? Eğer seni aldatırsa kendini asla affedemez.

İnsan bilincinde güvenmek ve güvenilmeye dair içsel bir nitelik var. Herkes güvenilmekten hoşlanır. Bu, diğer insandan gelen saygıdır; hele bir yabancıya güvenildiğinde daha da fazladır. Ona güvenmen için hiçbir sebep yok, ama güveniyorsun. Onu yüksek bir yere koyuyorsun; ona öyle değer veriyorsun ki, o yükseklikten düşmesi imkânsız hale geliyor. Eğer düşerse, kendini asla affedemez, o suçluluğu hayatı boyunca taşımak zorunda kalır.

Kendine güvenen insan, bunun güzelliğini anlar ve görür ki kendine ne kadar güvenirsen o kadar büyürsün; kendini ne kadar bırakır ve rahatlarsan o kadar sakinleşirsin, o kadar serinkanlı, sessiz ve dingin olursun. Bu öyle güzeldir ki giderek daha çok insana güvenirsin; çünkü sen ne kadar güvenirsen, dinginliğin o kadar derinleşir; sükûnetin varlığının en derinlerine, özüne kadar ulaşır. Ve ne kadar güvenirsen o kadar yükseklere çıkarsın. Güvenebilen insan, er ya da geç, güvenin mantığını anlar. Ve bir gün bilinmeyene güvenmeyi denemesi kaçınılmazdır.

Kendine güvenmeyi dene, bu en temel ders, ilk ders. Kendini sevmeye başla. Sen kendini sevmezsen, seni kim sevebilir? Ama unutma, eğer sadece kendini seversen sevgin çok yoksul olur.

Musevi mistik Hillel, şöyle demiş: "Sen kendi yanında olmazsan, başka kim senin yanında olsun?" Ve ayrıca: "Sadece kendi yanında olursan, hayatının ne anlamı olabilir?". Çok önemli bir cümle. Unutma: Kendini sev, çünkü sen kendini sevmezsen başka hiç kimse seni sevemez.

> *Eğer bir insan sana gerçekten güveniyorsa, onu aldatman imkânsızdır, nerdeyse imkansız.*

Kendinden nefret eden bir insanı sevemezsin. Ve bu talihsiz dünyada nerdeyse herkes kendinden nefret ediyor, kendini suçluyor. Kendini suçlayan bir insanı nasıl sevebilirsin? Sana inanmayacaktır. Kendini o bile sevemiyor, sen buna nasıl ce-

saret edersin ki? Sen onu nasıl sevebilirsin? Bir oyun oynadı-
ğından, numara çevirdiğinden şüphelenir. Sevgi kılıfı altında
onu aldatmaya çalıştığından kuşkulanır. Tetikte durur, dik-
katle izler ve onun şüphesi senin varlığını da zehirlemeye
başlar. Kendinden nefret eden bir adamı seviyorsan, onun
kendisi hakkındaki görüşünü parçalamaya çalışıyorsun de-
mektir. Ve hiç kimse kendi hakkındaki görüşünü kolay kolay
bırakmaz; onun kimliğidir bu. Seninle savaşacaktır; senin
haksız, onun haklı olduğunu sana ispatlayacaktır.

İşte her sevgi ilişkisinde bu oluyor; her "sözde" sevgi iliş-
kisinde diyelim. Her karı-koca arasında, tüm sevgililer ara-
sında, her kadın-erkek arasında oluyor bu. Karşındaki insa-
nın kendi hakkındaki görüşüne nasıl karşı çıkarsın? Bu onun
kimliği, onun egosu; o kendini öyle tanıyor. Onu elinden
alırsan kim olduğunu bilemez. Çok riskli bir şey bu, fikrini o
kadar kolay terk edemez. Sana ispatlayacaktır; sevilmeye la-
yık değildir o, ancak nefret edilmeye layıktır. Ve aynı şey se-
nin için de geçerli. Sen de kendinden nefret ediyorsun, kim-
senin seni sevmesine izin veremiyorsun. Ne zaman biri sana
sevgi enerjisiyle gelse büzüşüyorsun, kaçmak istiyorsun, kor-
kuyorsun. Çok iyi biliyorsun ki sen sevilmeye layık değilsin,
sadece yüzeyde bu kadar iyi, bu kadar güzel görünüyorsun; de-
rine inince çirkinsin. Ve bu insanın seni sevmesine izin ve-
rirsen, er ya da geç, senin aslında kim olduğunu anlayacak.

Sevgiyle birlikte yaşadığın bir insandan kendini gizleme-
yi ne kadar zaman başarabilirsin? Piyasada gezerken rol yapa-
bilirsin, o kulüpte, bu toplulukta rol yapabilirsin; sürekli gü-
lümseyerek. Çok güzel oyun oynayabilir, rol yapabilirsin.
Ama bir erkekle ya da kadınla günde yirmi dört saat yaşıyor-
san, sürekli gülümsemek, gülümsemek, gülümsemek çok yo-

rucu olur. O zaman gülümsemekten yorulursun çünkü sahtedir. Dudakların bir hareketi o ve dudaklar yorulur. Sürekli tatlı olmaya nasıl devam edebilirsin? Sıkıntın ortaya çıkacaktır. Böylece balayı bittiği zaman her şey bitmiştir. İki taraf da birbirinin gerçeğini tanımıştır, birbirinin sahteliğini anlamıştır, birbirinin düzenbazlığını anlamıştır.

İnsan yakınlaşmaktan korkar. Yakınlaşmak rol yapmayı kesmen gerektiği anlamına gelir. Ve sen de kim olduğunu biliyorsun: Değersiz bir pislik; en başından beri sana bu söylendi. Annen, baban, öğretmenlerin, din adamları, politikacılar, hepsi sana değersiz bir pislik olduğunu söylediler. Seni hiç kimse kabul etmedi. Kimse sana sevildiğini ve saygı duyulduğunu söylemedi, ihtiyaç duyulduğunu söylemedi. Bu varoluşun seni özleyeceği sana hiç söylenmedi. Sen olmasan bu varoluşun aynı olmayacağı, sen olmasan bu varoluşta bir boşluk olacağı hiç söylenmedi. Sen olmasan, bu evrenin şiirinde, güzelliğinde bir şeyler eksik kalır. Bir şarkı, bir nota eksik kalır; bir boşluk olur; hiç kimse sana bunu söylemedi.

> *Kendini suçlayan bir insanı nasıl sevebilirsin? Sana inanmayacaktır. Kendini o bile sevemiyor, sen buna nasıl cesaret edersin ki?*

Benim buradaki işim de işte bu: Kendine karşı içinde yaratılan güvensizliği parçalamak, içinde yaratılan bütün suçluluğu yok etmek, onu senden almak ve sana sevildiğinin, saygı duyulduğunun, varoluş tarafından sevildiğinin duygusunu vermek. Tanrı seni sevdiği için yarattı. Seni öyle çok seviyordu ki seni yaratma arzusuna karşı koyamadı.

Bir ressam resim yaptığında o resmi sevdiği için yapar.

Yakınlık

Vincent Van Gogh hayatı boyunca güneşin resmini yaptı, güneşi o kadar çok seviyordu. Aslında delirmesine de güneş sebep oldu. Bir yıl boyunca sürekli kızgın güneşin altında durmuş ve onun resmini yapmıştı. Bütün hayatı güneşin çevresinde dönüyordu. Ve sonunda tatmin olduğu gün, her zaman yapmak istediği resmi en sonunda yaptığı gün –ve bu resmi yapabilmek için sayısız resim yapmıştı ama onlarla tatmin olmamıştı– tam olarak tatmin olduğu gün, "Evet, her zaman yapmak istediğim resim buydu" diyebildiği gün, intihar etti. Çünkü o gün şöyle dedi: "İşim tamamlandı. Yapmaya geldiğim şeyi yaptım. Kaderim gerçekleşti ve şimdi yaşamanın anlamı yok."

Bütün bir hayatı tek bir resme adamak? Güneşe çılgınca âşık olmuş olmalı. O kadar uzun süre baktı ki güneşe, gözleri, görebilme yeteneği mahvoldu, delirdi.

Bir şair bir şarkı bestelediği zaman sevdiği için yapar bunu. Tanrı resim olarak seni yaptı, şarkı olarak seni söyledi, seni dansetti. Tanrı seni seviyor! Tanrı sözcüğünün senin için bir anlamı yoksa dert etme. Varoluş de ona, bütünlük de. Varoluş seni seviyor, aksi halde burada olmazdın.

Varlığının içinde rahatla, sen bütünlük için çok değerlisin. O yüzden bütünlük senin içinde nefes alıyor, onun nabzı senin içinde atıyor. Bir kere içinde bütünlüğün bu muhteşem saygısını, sevgisini, güvenini hissetmeye başladığın zaman varlığında kök salmaya başlayacaksın. Kendine güveneceksin. Ve ancak o zaman bana güvenebilirsin, arkadaşlarına güvenebilirsin, çocuklarına, kocana, karına güvenebilirsin. Ancak o zaman ağaçlara, hayvanlara, yıldızlara, aya güvenebilirsin. O zaman insan basitçe, güven olarak yaşar. Ona ya da buna inanmak meselesi değildir artık bu, sadece güvenirsin. Ve dindarlık basitçe güvenmektir.

Sannyas bu anlama gelir. *Sannyas*, toplumun yaptığı her şeyi bozmaktır. Din adamlarının, politikacıların, anne-babaların, hükümetlerin bana karşı olması tesadüf değil. Bütün mantığı anlayabiliyorum. Onların yaptığı her şeyi bozmaya çalışıyorum. Bu köle toplumunun bütün kalıbını bozmaya çalışıyorum.

Ben isyankârlar yaratmaya çalışıyorum ve isyanın başlangıç noktası kendine güvendir. Kendine güvenmene yardım edebilirsem sana yardım etmiş olurum. Başka bir şey gerekmez; diğer bütün şeyler kendiliğinden gelir.

> *Sen olmasan, bu evrenin şiirinde, güzelliğinde bir şeyler eksik kalır. Bir şarkı, bir nota eksik kalır, bir boşluk olur; hiç kimse sana bunu söylemedi.*

49

BAŞKALARIYLA YAKINLIK:
SONRAKİ ADIMLAR

İki sevgili gerçekten birbirlerine açık olduklarında,
birbirlerinden korkmadıklarında, bir şey gizlemediklerinde bu yakınlıktır.

Diğerinin kızacağından ya da inceneceğinden korkmadan
her şeyi söyleyebildiklerinde... Eğer bir sevgili diğerinin kızacağından
korkuyorsa, o zaman yakınlık yeterince derin değildir.

O zaman, bu bir tür anlaşmadır ve herhangi bir şeyle bozulabilir.

Ama iki sevgili gerçekten saklanacak bir şey olmadığını hissettiklerinde ve
her şey söylenebildiğinde; güven öyle bir derinliğe ulaşmıştır ki,
bir şey söylenmese de diğerinin anlayacağı bilinir.

O zaman, tek olmaya başlamışlardır.

GÖRÜNÜR OL

Hayat bir yolculuktur ve sevgiye ulaşılmadığı sürece, hiçbir yere ulaşmayan bir yolculuk olarak kalır. Sürekli daireler çizilir ve insanın "Ben ulaştım. Olmak için geldiğim şey oldum. Tohum çiçeklerini verdi" dediği mutluluk anı hiç gelmez. Sevgi hedeftir, hayat da yolculuk. Ve hedefsiz yolculuk nevrotik ve gelişigüzeldir; yönü yoktur. Bir gün kuzeye gidersin, öbür gün güneye; her şey rastlantısaldır, herhangi bir şey seni herhangi bir yere götürebilir. Hedef belirli değilse, sürüklenen bir tahta parçası olarak kalırsın. Çok uzak bir yıldız da olabilir –önemli değil– ama belirli olmalı. Uzaksa sorun değil, ama orada olmalı.

Gözlerin ona odaklanmışsa, o zaman on bin kilometrelik

bir yolculuk uzun gelmez. Eğer doğru yönde gidiyorsan en uzun yolculuk bile sorun olmaz. Ama yanlış yönde gidiyorsan, ya da hiç yönün yoksa, ya da her yöne birden gidiyorsan, o zaman hayat dağılmaya başlar. Nevroz denilen şey budur; enerjinin dağılması, nereye gideceğini, ne yapacağını, ne olacağını bilmemek. Nereye gideceğini, neler olduğunu bilmemek içerde bir boşluk yaratır; bir yara, bir kara delik kalır ve oradan sürekli bir korku yükselir. İşte bu yüzden insanlar titreyerek yaşıyor. Bunu gizleyebilir, örtebilir, kimseye göstermeyebilirler ama korku içinde yaşıyorlar. Bu yüzden insanlar biriyle yakınlaşmaktan bu kadar korkuyor; eğer çok yakınlaşmasına izin verirsen diğeri senin içindeki kara deliği görebilir.

Yakınlık tamamen başka bir boyuttur. Diğerinin senin içine girmesine izin vermektir, seni, senin gördüğün gibi görmesine izin vermek; diğerinin seni senin içinden görmesine izin vermek, bir insanı varlığının en derin noktasına davet etmek.

Yakınlık kelimesi –İngilizce'deki *intimacy*– Latince'deki *intimum*'dan geliyor. Anlamı içsellik, en içerideki öz. Eğer orada hiçbir şeyin yoksa kimseyle yakın olamazsın. Yakınlığa izin veremezsin, çünkü oradaki deliği, yarayı, dışarı sızan irini görürler. Senin kim olduğunu bilmediğini görürler, çılgın olduğunu görürler, nereye gittiğini bilmediğini görürler. Kendi şarkını bile duymadığını görürler; hayatının bir kaos olduğunu, bir kozmos olmadığını görürler. Yakınlık korkusunun nedeni budur.

Sevgililerin arasında yakınlık olması bile az rastlanan bir durumdur. Biriyle sadece cinsel ilişkide olmak yakınlık değildir. Cinsel orgazm yakınlığın tümü değildir, sadece yüzeyidir. Yakınlıkta bu olabilir de, olmayabilir de. Yakınlık tamamen başka bir boyuttur. Diğerinin senin içine girmesine izin vermektir, seni senin gördüğün gibi görmesine izin vermek; diğerinin seni senin içinden görmesine izin vermek, bir insanı varlığının en derin noktasına davet etmek. Modern dünyada yakınlık giderek kayboluyor. Sevgililer bile yakın değil. Dostluk sadece bir kelime artık, giderek kayboluyor. Neden? Çünkü paylaşacak bir şey yok. İçindeki yoksulluğu kim göstermek ister? İnsanlar rol yapma derdinde: "Ben varlıklıyım, ben oraya ulaştım, ne yaptığımı biliyorum, nereye gittiğimi biliyorum."

Kimse kendini açmaya hazır değil, içindeki karmaşayı gösterip kırılgan görünecek kadar cesur değil. Diğeri bunu kötüye kullanabilir; korku burada. Senin karmaşanı gören diğeri seni kendi hükmü altına alabilir. Senin bir sahip aradığını, kendi varlığının sahibi olmadığını gören diğeri senin sahibin haline gelebilir. Bu yüzden de, içerdeki çaresizliği kimse görmesin diye herkes kendini korumaya çalışıyor; aksi halde sömürülebilirler. Bu dünyada çok fazla sömürü var.

Hedef sevgidir. Ve hedefin bu şekilde belli olduğunda içinde bir zenginlik büyümeye başlar. İçindeki yara kaybolur ve bir lotus çiçeğine dönüşür. Sevginin mucizesi, büyüsü budur. Dünyanın en büyük simyasal gücü sevgidir. Onu nasıl kullanacağını bilen, adına Tanrı denen en yüksek zirveye ulaşabilir. Onu kullanmasını bilmeyen varoluşun karanlık çukurlarında sürünmeye devam eder, hayatın güneşle aydınlanan zirvelerine asla ulaşamaz.

MAHREMİYET İHTİYACI

Varlığın iki yüzü vardır: dışarısı ve içerisi. Dışarısı topluma açık olabilir ama içerisi olamaz. İçeriyi topluma açarsan ruhunu kaybedersin, gerçek yüzünü kaybedersin. O zaman, içinde bir varlık yokmuş gibi yaşarsın. Hayat boşuna ve anlamsız görünür. Bu, toplumla içli dışlı yaşayan insanlarda görülür; politikacılarda, aktörlerde. Topluma ait olurlar, iç varlıklarını tamamen kaybederler. Toplumun onlar hakkında söyledikleri dışında kim olduklarını bilmezler. Başkalarının görüşlerine bağımlıdırlar, kendi varlıklarını tanımazlar.

Marilyn Monroe en ünlü aktrislerden biriydi, intihar etti ve psikanalistler hâlâ nedenini düşünüyor. Amerika'nın başkanı Kennedy bile ona âşıktı, milyonlarca insan ona âşıktı. İnsan daha neye sahip olabilirdi diye düşünüyor. Her şeyi vardı.

Ama topluma aitti ve bunu biliyordu. Yatak odasında bile Başkan Kennedy'i "Sayın Başkan" diye çağırıyordu; sanki bir adamla değil de bir kuruluşla sevişiyormuş gibi.

Bu kadın bir kurumdu. Yavaş yavaş anladı ki mahrem bir alanı kalmamıştı. Bir keresinde bir takvim için çıplak fotoğrafları çekilmiş ve biri sormuş: "Takvim için poz verirken üstünüzde bir şey var mıydı?" O da cevap vermiş: "Evet, radyo vardı."

Ortada, çıplak; mahrem bir alan yok. Ben şunu hissediyorum ki, Marilyn Monroe intihar etti çünkü kendi kendine yapabileceği tek şey olarak bu kalmıştı. Her şeyi topluma aitti. Tek başına, kendi kendine, tamamen gizlice yapabileceği tek şey buydu artık. Topluma ait kişilikler her zaman intihara yöneliyor, çünkü kim olduklarının belli belirsiz bir kavrayışı, ancak intihar yoluyla gelebiliyor.

Güzel olan her şey içerdedir ve içerisi mahremdir. Kadınları sevişirken hiç izledin mi? Her zaman gözlerini kaparlar. Bir bildikleri vardır. Erkek gözleri açık olarak sevişmeye devam eder; izleyici olarak kalır. Tamamen kendini bırakmaz, tamamen içeri girmez. İzleyici olarak kalır, sanki başkası sevişiyormuş da o televizyonda film seyrediyormuş gibi. Ama kadın daha iyisini bilir çünkü o içerisiyle daha uyumludur. Gözlerini kapar. O durumda aşkın çok farklı bir kokusu vardır.

> 66
> *Ben şunu hissediyorum ki, Marilyn Monroe intihar etti, çünkü kendi kendine yapabileceği tek şey olarak bu kalmıştı. Her şeyi topluma aitti. Tek başına, kendi kendine, tamamen gizlice yapabileceği tek şey buydu artık*

Şunu dene: Gece banyodaki musluğu aç, sonra da ışığı aç ve kapa. Karanlıktayken suyun akışını daha net duyarsın, ses daha keskindir. Aydınlıkta ses o kadar keskin gelmez. Karanlıkta ne olur? Karanlıkta göremediğin için diğer şeyler kaybolur. Ses ve senden başka hiçbir şey kalmaz. Bu yüzden, bütün iyi restoranlar keskin ışıktan kaçınır. Mumlar yakılır. Mum ışığında yemek yediğinde tat alma duyun daha derindir. Daha iyi yersin ve daha iyi tat alırsın. Koku çevreni sarar. Çok parlak ışıkta lezzet kaybolur. Gözler her şeyi toplumsallaştırır.

Metafizik'in ilk cümlesinde Aristo der ki, "Görme insanın en yüksek duyusudur." Bu doğru değil; aslında görme duyusu insana fazla hükmeder oldu. Bütün benliği tekeline aldı ve diğer duyuları ortadan kaldırdı. Aristo'nun hocası Plato da der ki, "Duyuların bir hiyerarşisi vardır; görme en yukarda, dokunma en aşağıda." Tamamen yanılmış. Hiyerarşi yok. Bütün duyular aynı düzeyde ve bir hiyerarşi olması gerekmiyor.

Ama insan, gözler kanalıyla yaşıyor. Hayatın yüzde sekseni göz merkezli. Böyle olmaması gerekiyor, denge yeniden kurulmalı. Dokunmalısın, çünkü dokunuşta gözlerin veremeyeceği bir şey var. Ama dene; sevdiğin adama ya da kadına parlak ışıkta dokunmayı dene ve bir de karanlıkta dokunmayı dene. Karanlıkta beden kendini açar, aydınlıkta gizlenir.

Renoir'ın yaptığı kadın vücudu resimlerini hiç gördün mü? Onlarda mucizevi bir şey vardır. Bir çok ressam kadın vücudunun resmini yapmıştır; ama Renoir'la karşılaştırılamaz. Fark nerde? Diğer ressamlar vücudu göze göründüğü gibi tuvale geçirmiş. Renoir ise onu ellerin hissettiği gibi resme geçirmiş. O yüzden resimlerinde bir sıcaklık, yakınlık, canlılık var.

Dokunduğun zaman çok yakında bir şeyler olur. Gördüğün zaman bir şeyler uzaktır. Karanlıkta, gizlilikte, mahrem bir yerdeyken; ortalıkta, piyasada açığa çıkmayan bir şey açığa çıkar. Başka birileri seni görür ve incelerken; içinin derinlerinde bir şey büzüşür, çiçek açamaz. Herkes görsün diye açık toprağa tohum bırakmak gibidir bu: Asla filizlenmez. Toprağın rahminin derinliklerine, kimsenin görmeyeceği derin karanlığa bırakılması gerekir tohumun. O zaman filizlenebilir, büyük bir ağaca dönüşebilir.

Tıpkı tohumun topraktaki karanlığa ve derinliğe ihtiyaç duyması gibi bütün derin ve yakın ilişkiler de içerde oluşur. Mahrem bir alana ihtiyaç duyarlar, sadece iki kişinin var olduğu bir alana. O zaman, bir an gelir ki iki kişi bile kalmaz, sadece bir vardır.

Birbirleriyle derinden uyumlu iki sevgili; erirler. Sadece bir olur. Birlikte nefes alırlar, birliktedirler, birlik vardır. Eğer orda gözlemciler olsaydı bu mümkün olmazdı. Başkaları izleseydi asla kendilerini bırakamazlardı. Başkalarının gözleri buna engel olurdu. Güzel olan, derin olan ne varsa karanlıkta olur.

İnsan ilişkilerinin mahremiyete ihtiyacı vardır. Gizliliğin orda olmak için kendi nedeni var. Unutma, her zaman hatırla; tamamen topluma ait olursan, hayatta çok aptalca davranırsın. Ceplerini tersine çevirmiş bir insan gibi olursun. Biçimin öyle olur: tersine çevrilmiş cep gibi. Dışa dönük olmak yanlış değil ama unutma; bu, hayatın sadece bir parçası. Bütünü haline gelmemeli.

Sonsuza kadar karanlıkta dolaşmaktan söz etmiyorum. Işığın kendi güzelliği ve nedeni var. Eğer tohum sonsuza kadar karanlıkta kalırsa, sabah güneşini almak için yukarı çıkmazsa ölür. Filizlenmek için, güçlenmek için, yaşamak için, yeniden doğmak için karanlığa ihtiyacı var; sonra dışarı çıkmalı ve dünyayla, ışıkla, fırtınayla, yağmurla karşılaşmalı. Dışarının mücadelesini kabul etmeli. Ama o mücadele ancak içerde derin kökler varsa kabul edilebilir.

Kaçıştan söz etmiyorum. Gözlerini kapa, içeri gir ve asla çıkma demiyorum. Sadece diyorum ki içeri gir; ancak o zaman enerjiyle, sevgiyle, şefkatle dışarı çıkabilirsin. İçeri gir ki dışarı çıktığında dilenci değil, kral olabilesin. İçeri gir ki dışarı çıktığında paylaşacak bir şeyin olsun; çiçeklerin, yaprakların. İçeri gir ki çıkışın zengin olsun, yoksul olmasın. Ve unutma ki ne zaman kendini yorgun hissetsen enerjinin kaynağı senin içinde. Gözlerini kapa ve içeri gir.

Dışa dönük ilişkilerin olsun ama içe dönük ilişkilerin de olsun. Elbette dışa dönük ilişkilerin olacak –dünyada yaşıyorsun, işlerin var– ama onlar her şey olmasın. Onların da rolü var ama tamamen gizli ve mahrem, sadece sana ait bir şey olmalı.

Marilyn Monroe işte buna sahip değildi. Topluma ait bir kadındı; başarılı ama tam bir yenilgi içinde. Başarının ve şöhretin en tepesindeyken kendini öldürdü. Niye öldürdüğü anlaşılamadı. Her şeyi vardı; daha fazla şöhret, başarı, karizma, güzellik, sağlık olabileceğini hayal edemezdin. Her şey vardı, geliştirilebilecek bir şey kalmamıştı ve gene de bir şey eksikti. İçerisi boştu. O zaman tek yol kendini öldürmekti.

Marilyn Monroe gibi kendini öldürecek kadar cesur olmayabilirsin. Çok korkak da olabilirsin ve yavaş yavaş öldürürsün kendini; yetmiş sene sürebilir bu. Bu da kendini öldürmektir. Eğer içinde, dışarıdaki hiçbir şeye bağımlı olmayan, sadece sana ait bir şey yoksa –gözlerini kapayıp içine girdiğinde başka her şeyin varlığını unutabileceğin bir dünya– kendini öldürürsün.

Hayat içerdeki o kaynaktan çıkar ve dışarıdaki gökyüzüne yayılır. Bir denge olmalı; ben her zaman dengeden yanayım. O yüzden hayat açık bir kitap olmalı demi-

> *Hayat açık bir kitap olmalı demiyorum, hayır. Bir kaç bölüm açık olsun, tamam. Ama birkaç bölüm de tamamen kapalı, tamamen gizli*

yorum, hayır. Bir kaç bölüm açık olsun, tamam. Ama birkaç bölüm de tamamen kapalı, tamamen gizli. Tümüyle açık bir kitapsan bir fahişe olursun, ortada çıplak durursun, üstünde sadece bir radyo ile. Hayır, bu işine yaramaz.

Bütün kitabın açıksa gecesiz gündüz gibi olursun, kışsız yaz gibi. Nerde dinleneceksin, nerde merkezini bulacaksın, nereye sığınacaksın? Dünya fazla geldiği zaman nereye gideceksin? Dua için, meditasyon için nereye gideceksin? Hayır, yarı yarıya olması iyi. Kitabının yarısı açık olsun –herkese açık, herkes için– ama diğer yarısı öyle gizli olsun ki sadece çok nadir konuklar girebilsin oraya.

Tapınağının içine birilerinin girmesine nadir olarak izin ver. Böyle olması uygundur. Herkes girip çıkıyorsa artık tapınak, tapınak değildir. Havaalanının bekleme salonu olur belki, ama tapınak olamaz. Sadece çok, çok nadir olarak birinin varlığına girmesine izin ver. Sevgi budur.

Her zaman birileriyle birlikte yaşadık. Çocuk annesinin rahmini terk ettiği andan itibaren, asla yalnız değildir. Anneyle, aileyle, arkadaşlarla, başkalarıyladır. Tanıdıklar, arkadaşlar, ilişkiler çemberi büyüdükçe büyür ve sonunda etrafında bir kalabalık oluşur. Hayat dediğimiz şey budur. Ve hayatında ne kadar çok insan varsa o kadar zengin bir hayatın olduğunu düşünürsün.

İçeri yönelmeye başladığın zaman bütün o yüzler soluklaşır, o kalabalık dağılır. Herkese hoşça kal demek zorunda kalırsın. En yakın dostuna, sevgiline bile hoşça kal demen gerekir. Sevgilinin bile seninle olamadığı bir an gelir. Bu, ana rahmindeyken olduğun yere yeniden girdiğin andır. O zamanlar kalabalıkla tanışmamıştın, o yüzden de hiç yalnız hissetmezdin kendini. Çocuk ana rahminde son derece mutluydu çünkü başka türlüsünü bilmiyordu, her şey keyifti. Diğerini hiç tanımadığı için kendini yalnız hissedemezdi; öyle bir fikri yoktu. Bildiği tek gerçeklik oydu.

Ama şimdi kalabalığı tanıyorsun; ilişkileri, ilişkilerin bütün neşesini ve sefilliğini; ikisini de. Yeniden içeriye yöneldiğin zaman dünya yok olmaya başlar, bir yankı gibi olur. Sonra yankı bile silinir ve insan tamamen kaybolur. Ama bu sadece bir yorumdur. Biraz daha gidebilirsen birden kendini bulursun ve kendini ilk defa bulursun. O zaman şaşırırsın: Sen kalabalıkta kaybolmuştun; şimdi kayıp değilsin. İlişkilerin ormanında kaybolmuştun ve şimdi evine geldin. Sonra tekrar dünyaya geri gelebilirsin ama tamamen farklı bir insan olacaksın.

İlişki kuracaksın ama muhtaç olmayacaksın; seveceksin ama sevgin bir ihtiyaç olmayacak. Seveceksin ama sahip çıkmayacaksın; seveceksin ama kıskanmayacaksın. Ve sevgi, içinde kıskançlık olmadığı, sahip çıkma olmadığı zaman Tanrısaldır. İnsanlarla birlikte olacaksın. Aslında, ancak bundan sonra insanlarla birlikte olabilirsin çünkü sen varsın, artık insanlarla birlikte olabilirsin. Eskiden yoktun, o yüzden de insanlarla birlikte olduğun fikri sadece bir yanılsamaydı, bir çeşit hayaldi. Var olmadığın durumda nasıl ilişki kurabilirsin? Var olmadığın durumda nasıl diğeriyle olabilirsin? Kendi yarattığımız bir hikâyedir o, bir yanılsama.

Eğer kendi merkezinde değilsen, kim olduğunu bilmiyorsan,

> *Eğer kendi merkezinde değilsen, kim olduğunu bilmiyorsan, gerçekten ilişki kuramazsın. Kendini bilmeden kurulan ilişki tümüyle bir yanılsamadır*

gerçekten ilişki kuramazsın. Kendini bilmeden kurulan ilişki tümüyle bir yanılsamadır. Diğeri seninle ilişkide olduğunu zanneder, sen onunla ilişkide olduğunu zannedersin; ne sen kendini tanıyorsun, ne de o kendini tanıyor. O zaman kim kiminle ilişkide? Hiç kimse yok! Sadece iki gölge oyun oynuyor. Ve ikisi de gölge olduğundan ilişkide bir varlık yok. Ben bunu sürekli görüyorum: İnsanlar ilişki kuruyor ama ortada bir varlık yok. İlişki kuruyorlar çünkü eğer ilişki kurmazlarsa yalnızlığa düşüp kaybolacaklarını sanıyorlar. O yüzden, düştükleri anda zıplayıp yeniden ilişkiye giriyorlar. Herhangi bir ilişki hiç ilişki olmamasından daha iyi; düşmanlık bile olsa tamam, en azından insan kendini boşta hissetmiyor.

İşte bu yüzden bu boşluğa girmelisin. Cesaretini topla ve içeri gir. Çok kederli ve yalnız bile hissetsen endişelenecek hiçbir şey yok; bu bedeli ödememiz gerekiyor. Ve bir kere kendi kaynağına ulaştığın zaman her şey tümüyle değişecek ve dışarıya bir birey olarak çıkacaksın. Bana göre bir kişi ve bir birey arasındaki fark budur: Kişi sahte bir olgudur; birey gerçektir. Kişi, kişilik maskedir, gölgedir; birey varlıktır, gerçekliktir. Ve sadece bireyler ilişki kurabilir, sevebilir; kişiler sadece oyun oynayabilir.

İLİŞKİDE OLMAK DEĞİL, İLİŞKİ KURMAK

Sevgi, mutlu olduğun andaki, varlığının dans ettiği andaki bilincinin durumudur. Merkezinden bir titreşim, bir ışık yayılmaya başlar; çevrende bir nabız atmaya başlar. İnsanlara ulaşır bu; kadınlara, erkeklere, kayalara, ağaçlara, yıldızlara.

Sevgiden bahsettiğim zaman bu sevgiden bahsediyorum ben: Bir ilişki değil, bir varoluş durumu olan sevgiden. Bunu hatırla: Sevgi sözcüğünü kullandığım zaman bir varoluş durumundan söz ediyorum, ilişkiden değil. Ama senin sevgi anlayışın temel olarak bir ilişkiye dayalı, sanki hepsi buymuş gibi.

İlişkiye ihtiyaç duymanın tek sebebi tek başına kalamamandır çünkü henüz meditasyon yapamıyorsun. O yüzden de gerçekten sevebilmeye başlamadan önce meditasyon bir zorunluluktur. İnsan yalnız olmayı, tamamen yalnız olmayı ama son derece mutlu olmayı başarabilmeli. O zaman sevebilirsin. O zaman sevgin bir ihtiyaç değil bir paylaşım olur; bir gereklilik değil. Sevdiğin insanlara bağımlı olmazsın. Paylaşırsın ve paylaşmak güzeldir.

Ama dünyada genellikle olan şu: Sevgin yok, sevdiğini düşündüğün insanın varlığında da sevgi yok ve ikiniz de birbirinizden sevgi istiyorsunuz. İki dilenci birbirinden dileniyor. O yüzden sevgililer arasında sürekli kavga var, çekişme var, çatışma var; saçma sapan şeyler yüzünden, önemsiz, aptalca şeyler yüzünden. Ve çatışma devam ediyor.

Çatışmanın temel nedeni şu; koca hakkı olan şeyi alamadığını düşünüyor, karısı da hakkı olan şeyi alamadığını düşünüyor. Kadın aldatıldığını düşünüyor, kocası da aldatıldığını düşünüyor. Sevgi nerde? Kimsenin vermeye niyeti yok; herkes alma derdinde. Herkes alma derdinde olduğu için de kimse alamıyor ve herkes kendini kayba

> *İlişkiye ihtiyaç duymanın tek sebebi, tek başına kalamamandır; çünkü henüz meditasyon yapamıyorsun. O yüzden de, gerçekten sevebilmeye başlamadan önce meditasyon bir zorunluluktur*

uğramış, boş, gergin hissediyor.

Temel yok ve sen temel olmadan tapınak yapmaya başlamışsın. Dağılıp parçalanması an meselesi. Ve sen de biliyorsun, sevgin kaç defa dağılıp parçalandı ama yine de aynı şeyi tekrar tekrar yapmaya devam ediyorsun.

Öylesine farkında olmadan yaşıyorsun ki! Kendine ve başkalarına neler yaptığının hiç farkında değilsin. Mekanik bir robot gibi aynı kalıbı tekrarlamaya devam ediyorsun; aynı şeyi daha önce de yaptığını bile bile. Her seferinde sonucun ne olduğunu da biliyorsun. Ta içinde, yine aynı şeyin olacağına dair bir his var çünkü her şey aynı. Yine aynı sonuca hazırlanıyorsun, aynı parçalanmaya.

> *Odanda sessizce oturmak ve bu kadar mutlu olmak? Delirmiş falan olman lazım! İnsanlar uyuşturucu aldığından, uçmuş olduğundan şüphelenecekler*

Eğer sevginin dağılmasından bir şey öğrenmen mümkünse, bu farkındalıktır, daha meditatif olmaktır. Ve meditasyon derken, tek başınayken de neşeli olma yeteneğinden bahsediyorum. Çok az insan hiç sebep yokken mutlu olma yeteneğine sahiptir öylesine sessizce ve mutluluk içinde oturma yeteneğine! Başkaları bu insana deli diye bakar çünkü onlara göre mutluluk başka bir insandan gelmelidir. Güzel bir kadınla tanışmışsan mutlusundur, hoş bir adamla tanışmışsan mutlusundur. Ama odanda sessizce oturmak ve bu kadar mutlu olmak? Delirmiş falan olman lazım! İnsanlar uyuşturucu aldığından, uçmuş olduğundan şüphelenecekler.

Evet, meditasyon en sıkı LSD'dir! İçindeki duygusal güçleri kamçılar. İçinde kilitli duran ihtişamı açığa çıkartır. Ve öyle keyiflenirsin, varlığından öyle bir neşe yükselir ki bir ilişkide olmaya ihtiyacın kalmaz. Yine de insanlarla ilişki kurabilirsin... ve bu da ilişki kurmakla ilişki halinde olmak arasındaki farktır.

İlişki bir şeydir: ona yapışırsın. İlişki kurmak bir akış, bir hareket, bir oluşumdur. Bir insanla karşılaşırsın, onu seversin çünkü verecek bol bol sevgin vardır ve daha çok verdikçe, daha çok alırsın. Bir kere sevginin bu garip aritmetiğini, daha çok verdikçe daha çok aldığını anladığın zaman... Bu, dış dünyada hüküm süren ekonomik kanunlara son derece aykırıdır. Bunu bir kere anladığın zaman –daha çok sevgi ve neşe istiyorsan vermen ve paylaşman gerektiğini– o zaman basit bir şekilde paylaşırsın. Ve bir insan neşeni onunla paylaşmana izin verdiğinde ona karşı şükran duyarsın. Ama bu ilişkide olmak değildir, ırmak gibi bir akıştır.

> İlişki bir şeydir: Ona yapışırsın. İlişki kurmak bir akış, bir hareket, bir oluşumdur. Bir insanla karşılaşırsın, onu seversin çünkü verecek bol bol sevgin vardır ve daha çok verdikçe, daha çok alırsın.

Irmak bir ağacın yanından geçer, onu selamlar, onu besler, ona su verir... ve devam eder, dansına devam eder. Ağaca yapışmaz. Ve ağaç da ona, "Nereye gidiyorsun? Biz evliyiz! Ve beni terk edebilmen için önce bir boşanma olması lazım; en azından bir ayrılık dönemi! Nereye gidiyorsun? Ve mademki beni terk edecektin, niye etrafımda o kadar güzel dansettin? O zaman beni niye besledin?" Hayır, ağaç çiçeklerini şükranla ırmağa yağdırır ve ırmak yoluna devam eder. Rüzgâr gelir ve ağacın etrafında dans eder ve gider. Ağaç da ona kokusunu verir.

Bu ilişki kurmaktır. Eğer insanlık büyür, olgunlaşırsa, sevgi de böyle olacak: Buluşan, paylaşan, devam eden insanlar; sahip çıkmadan, hükmetmeye çalışmadan. Aksi halde sevgi bir güç gösterisi haline gelir.

GERÇEK OLMA RİSKİNİ AL

Kendini geride tutmaya devam edersen hiçbir ilişki gerçekten büyüyemez. Kurnaz olursan, kendini güvenceye alıp korumaya devam edersen sadece kişilikler karşılaşır, gönüller yalnız kalmaya devam eder. Bu durumda sadece masken ilişki kurar, sen değil. Böyle bir şey olduğunda ilişkide dört kişi bulunur, iki değil. İki sahte kişi buluşmaya devam eder; iki gerçek kişinin arasında dünyalar kadar mesafe kalır.

Risk vardır; sen gerçek olduğun zaman bu ilişkinin gerçekliği, hakikiliği anlayabilecek kapasitesinin olup olamayacağının, bu ilişkinin fırtınada ayakta kalabilecek kadar güçlü olup olamayacağının garantisi yoktur. Böyle bir risk bulunuyor ve bu yüzden insanlar çok, çok korunaklı davranıyor. Söylenmesi gerekenler söyleniyor, yapılması gerekenler yapılıyor; sevgi görev gibi bir şeye dönüşüyor. Ama gerçek aç kalmaya devam ediyor, özün beslenemiyor. Özün gün geçtikçe daha kederli bir hale geliyor. Kişiliğin yalanları öz için, ruh için çok ağır bir yüktür. Risk gerçekten var; hiçbir şeyin garantisi yok ama ben di-

> *Kurnaz olursan, kendini güvenceye alıp korumaya devam edersen, sadece kişilikler karşılaşır, gönüller yalnız kalmaya devam eder. Bu durumda, sadece masken ilişki kurar, sen değil.*

> *Kişiliğin yalanları, öz için, ruh için çok ağır bir yüktür. Risk gerçekten var, hiçbir şeyin garantisi yok, ama ben diyorum ki, o riske girmeye değer*

yorum ki o riske girmeye değer.

En kötü ihtimalle ilişki bozulur; en kötüsü. Ama ayrı ve gerçek olmak, sahte ve birlikte olmaktan daha iyidir çünkü başka türlü mutlu olamazsın. Huzur bulamazsın. Açlığın ve susuzluğun devam eder, sürünmeye devam edersin, bir mucize olmasını beklersin.

Mucizenin olması için senin bir şey yapman gerekiyor, o da şu: Gerçek olmaya başla. İlişkinin belki yeterince güçlü olmaması ve buna dayanmayabileceği –bazen gerçeğe dayanmak zordur– riskine rağmen. Ama o zaman bu ilişki de sürdürülmeye değmez demektir. Bu sınavdan geçmesi gerekir.

Gerçek için her riske gir yoksa mutlu olamazsın. Bir sürü şey yaparsın ama gerçekte sana hiçbir şey olmaz. Hareket halindesindir ama hiçbir yere varmazsın. Bütüne baktığında her şey saçmadır. Karnın açken nefis yemek hayalleri kurmak gibidir bu. Ama hayal hayaldir, gerçek değil. Sahte yemeği yiyemezsin. Bazen kendini kandırabilirsin, hayal dünyasında yaşayabilirsin ama rüya sana hiçbir şey veremez. Senden çok şey alır ama karşılığında sana bir şey vermez.

Sahte bir kişilik kullanarak geçirdiğin bütün zaman boşa harcanır; sana asla geri dönmez. O dakikalar gerçek olabilirdi, sahici olabilirdi. Tek bir an sahici olmak bile hayat boyu sahte yaşamaktan iyidir. O yüzden korkma. Aklın sana kendini ve diğerini kollamanı, kendini korumanı söylemeye devam edecektir. Milyonlarca insan öyle yaşıyor.

Freud son günlerindeyken bir arkadaşına yazdığı mektupta, hayatı boyunca yaptığı gözlemlere göre –ve gerçekten gözlemlemişti insanları; başka hiç kimse onun kadar ısrarla ve bilimsel olarak gözlem yapmamıştır– şu sonucun kaçınılmaz olduğunu söylemiş: İnsanlar yalansız yaşayamıyor. Gerçek tehlikeli. Yalanlarsa lezzetli ama sahte. Sevgiline tatlı saçmalıklar söylemeye devam ediyorsun, o da sana tatlı saçmalıklar söylemeye devam ediyor. Ve bu arada hayat elinden kayıp gidiyor, herkes ölüme giderek daha çok yaklaşıyor.

Ölüm gelmeden önce, bir şeyi unutma: Ölüm gerçekleşmeden önce sevgi yaşanmalıdır. Aksi halde boşuna yaşarsın, tüm hayatın boş bir çöl olur. Ölüm gelmeden önce sevgiyi yaşadığına emin ol. Ama bu, ancak gerçekle mümkündür. O yüzden gerçek ol. Gerçek için her türlü riski al ama gerçeği hiçbir şey için riske atma. Şunun hayatındaki temel kural olmasına izin ver: Kendimi, hayatımı riske atmam gerekse de gerçeği hiçbir şey için riske atmayacağım. O zaman muhteşem bir mutluluk senin olacak, hayal bile edemediğin zenginlikler üzerine yağacak.

Gerçek olduğunda diğer tüm şeyler mümkün olur. Sahte olduğunda –sadece bir örtü, boyanmış bir şey, bir maske olduğunda– hiçbir şey mümkün olmaz. Çünkü sahtelikte ancak sahtelik mümkündür, gerçeklikte de ancak gerçeklik.

Sorunu anlayabiliyorum; sevgililerin problemini, derinlerde taşıdıkları korkuyu. İlişkinin gerçeği kaldıracak kadar güçlü olup olmadığından şüpheleniyorlar. Ama bunu önceden nasıl bilebilirsin?

> 🜚🜚
>
> *Yalanlar lezzetli ama sahtedir. Sevgiline tatlı saçmalıklar söylemeye devam ediyorsun, o da sana tatlı saçmalıklar söylemeye devam ediyor.*

Bu önceden bilinemez. Bunu bilmek için içine girmek gerekir. Evinin içinde otururken dışarıdaki fırtınaya dayanıp dayanmayacağını nasıl bilebilirsin? Fırtınaya hiç girmedin. Git ve gör! Deneme ve yanılma tek yoldur. Git ve gör; belki yenilgiye uğrarsın ama yenilginin içinde bile şimdi olduğundan daha güçlü olursun.

Eğer bir deneyimde yenilgiye uğrarsan, bir daha, bir daha dene ve yavaş yavaş fırtınanın içinden geçme deneyimi seni daha, daha ve daha güçlü yapar. Bir gün gelir insan fırtınanın içinde olmaktan mutluluk duyar, fırtınada dansetmeye başlar. O zaman fırtına düşman değildir artık, o da bir fırsattır, var olmak için çılgınca bir fırsat.

Unutma, var olmak asla kolaylıkla olmaz, aksi halde herkesin başına gelirdi. Unutma, var olmak kolaylıkla olamaz, aksi halde herkes ona sahip olurdu. Var olmak sadece riske girdiğin zaman olur, tehlikeye girdiğin zaman. Ve sevgi en büyük tehlikedir. Seni bütün olarak ister.

O zaman korkma, gir içine. Eğer ilişki gerçeğe dayanabilirse bu harika olur. Eğer dayanamaz ve ölürse, bu da iyidir; çünkü sahte bir ilişki bitmiştir ve şimdi başka bir ilişkiye girmen mümkündür; daha gerçek, daha sağlam, özüne daha çok yaklaşabilecek bir ilişkiye.

Ama unutma, sahtelik bir şey kazandırmaz; kazandırırmış gibi görünür ama kazandırmaz. Sadece

> *๑*
>
> *Sorunu anlayabiliyorum, sevgililerin problemini, derinlerde taşıdıkları korkuyu. İlişkinin gerçeği kaldıracak kadar güçlü olup olmadığından şüpheleniyorlar. Ama bunu önceden nasıl bilebilirsin?*

gerçek kazandırır ve başlangıçta kazandıracakmış gibi görünmez. Sanki her şeyi yok edecekmiş gibi görünür. Eğer dışardan bakarsan gerçek çok tehlikeli görünür, korkunç görünür. Ama bu dışardan görünen manzaradır. İçine girersen, gerçek, güzel olan tek şeydir. Bir kere onun tadını çıkarmaya başlayınca daha fazlasını, daha fazlasını istersin çünkü sana mutluluk verir.

Hiç gördün mü? Yabancılarla birlikteyken gerçek olmak daha kolaydır. Trende yolculuk yapan insan yabancılarla konuşmaya başlar, arkadaşlarıyla yapamadığı şeyleri yapmaya başlar çünkü bir yabancıyla birlikteyken başka şeylerin önemi yoktur. Yarım saat sonra ineceğin istasyona varıp inersin; unutursun ve o da senin dediklerini unutur. Ne söylemiş olduğunun önemi yoktur. Yabancıyla hiçbir risk yoktur.

Yabancılarla konuşurken insan daha gerçektir, kalbini açar. Ama arkadaşlarınla, akrabalarınla konuşurken –baba, anne, eş, kardeş– bilinçaltında derin bir korku vardır. "Bunu söyleme incinebilir. Bunu yapma hoşlanmaz. Böyle yapma, baban yaşlı, şok olabilir." İnsan kontrol halindedir. Yavaş yavaş gerçek, varlığının en ücra köşesine atılır ve sahtelik konusunda çok kurnaz bir hale gelirsin. Dudaklarına yerleşen sahte gülüşü takınmaya devam edersin. Hiçbir anlama gelmeyen iyi şeyler söylemeye devam edersin. Sevgilinden ya da babandan sıkılmış durumdasındır ama dersin ki "Seni gördüğüm için çok mutluyum!" Ve bütün varlığın o anda şöyle demektedir: " Git başımdan!" Ama söylediklerinle rol yaparsın. Onlar da aynı şeyi yapar; kimse ne olduğunu fark etmez çünkü herkes aynı gemidedir.

Dindar bir insan bu gemiden çıkıp hayatını riske atan insandır. "Ya gerçek olurum, ya da hiç olmam. Asla sahte olmayacağım" diyen insandır.

Risk ne olursa olsun dene, sahteliğe devam etme. İlişki yeterince güçlü olabilir. Gerçeğe dayanabilir. O zaman bu ilişki çok güzel olur. Sevdiğin insanla bile gerçek olamazsan nerede gerçek olacaksın? Nerde? Seni sevdiğini düşündüğün insanla da gerçek olamazsan, onunlayken bile gerçeği açıklamaya korkuyor ve saklanıyorsan, tamamen özgür olabileceğin bir yeri nerde bulacaksın?

> *Eğer ilişki, gerçeğe dayanabilirse, bu harika olur. Eğer dayanamaz ve ölürse, bu da iyidir; çünkü sahte bir ilişki bitmiştir*

Sevginin anlamı budur, hiç değilse bir insanın yanında tamamen çıplak olabilmek. Seni seviyor, o halde seni yanlış anlamaz. Seni seviyor, o zaman korku ortadan kalkabilir. Her şeyi açığa vurabilirsin. Bütün kapıları açabilirsin, diğerini içeri davet edebilirsin. Diğerinin varoluşunu paylaşabilirsin.

Sevgi paylaşmaktır, o yüzden hiç değilse sevgilinle birlikteyken sahte olma. Sana herkesin ortasına çık ve gerçek ol demiyorum. Çünkü bu, şu anda gereksiz sorunlara yol açar. Ama önce sevgilinle başla, sonra ailenle devam et, sonra daha uzağındaki insanlarla. Yavaş yavaş anlarsın, gerçek olmak o kadar güzeldir ki onun uğruna her şeyi kaybetmeyi göze alabilirsin. Ve sonra istediğin yerde yapabilirsin bunu; gerçek senin yaşam biçimin olur. Sevginin abecesi, yani gerçek, önce sana çok yakın olanlarla öğrenilmelidir çünkü onlar anlayabilir.

SESSİZLİĞİN DİLİNİ ÖĞREN

Rasgele ilişki kurdun bugüne kadar ve biriyle şekil olarak ilişki kurduğun zaman bin bir türlü saçma şey söyleyebilirsin, çünkü hiçbir şeyin önemi yoktur, sadece vakit geçirmektesindir.

Ama birini kendine yakın hissettiğinde, yakınlık doğduğunda,

Birini kendine yakın hissettiğinde, yakınlık doğduğunda, söylediğin her kelime önem kazanır.

söylediğin her kelime önem kazanır. O zaman kelimelerle kolayca oynayamazsın çünkü her şeyin bir önemi vardır. O yüzden sessizlik boşlukları olur. İnsan başlangıçta kendini garip hisseder çünkü sessizliğe alışık değildir. Bir şeyler söylenmesi gerektiğini düşünürsün. Diğeri ne düşünür yoksa?

Birine yakınlaştığında, sevginin herhangi bir türü doğduğunda sessizlik gelir ve söylenecek bir şey kalmaz. Aslında gerçekte de söylenecek bir şey yoktur. Hiçbir şey yoktur. Bir yabancıyla söylenecek çok şey vardır; dostlarınla söylenecek hiçbir şey yoktur. Ve sessizlik ağır gelir çünkü buna alışık değilsindir.

Sessizliğin müziğini tanımıyorsun. Sadece tek bir iletişim yolu biliyorsun: sözel, zihinsel. Kalple iletişim kurmak; sessizlikte, kalpten kalbe iletişim kurmak nedir bilmiyorsun. Sadece orada bulunarak, varlığın kanalıyla iletişim kurmayı bilmiyorsun. Büyüyorsun ve eski iletişim yöntemlerin yetmiyor. Sözel olmayan yeni iletişim yöntemleri geliştirmen gerekiyor. İnsan olgunlaştıkça sözel olmayan iletişime daha çok ihtiyaç duyar.

Dile ihtiyaç vardır çünkü iletişim kurmayı bilmiyoruz.

Bunu bildiğimiz zaman, yavaş yavaş dile ihtiyacımız kalmaz. Dil ilkokul düzeyindeki bir iletişim aracı. Gerçek iletişim aracı sessizliktir. O yüzden yanlış bir fikre kapılma yoksa büyümeni durdurursun. Dilin kaybolmaya başlaması bir eksiklik değildir; bu yanlış bir fikirdir. Yeni bir şey var olmaya başladı ve eski kalıp bunu içine almaya yetmiyor. Sen büyüyorsun, elbiselerin kısa gelmeye başlıyor. Bir şey eksilmiyor sana her gün yeni bir şey ekleniyor.

Daha çok meditasyon yaptıkça daha çok seversin ve daha çok ilişki kurarsın. Ve sonunda bir an gelir ki o an sadece sessizlik işe yarar. O yüzden, bundan sonra biriyle birlikteyken ve sözcüklerle iletişim kurmadığınızda ve sen de kendini garip hissettiğinde mutlu ol. Sessiz kal ve o sessizliğin iletişim kurmasına izin ver.

Dile ihtiyaç vardır, çünkü iletişim kurmayı bilmiyoruz. Bunu bildiğimiz zaman, yavaş yavaş, dile ihtiyacımız kalmaz

Sevgi ilişkisinde olmadığın insanlarla ilişki kurmak için dil gereklidir. Sevgi ilişkisinde olduğun insanlarla birlikteyken dilsizlik gereklidir. İnsan yeniden bir çocuk gibi masumlaşmalı, sessizleşmelidir. Hareketler olur yine; bazen gülümser, el ele tutuşursun, bazen sessizce göz göze kalırsın, hiçbir şey yapmadan, sadece var olarak. Varlıklar buluşur, birleşir ve sadece ikinizin bildiği bir şey gerçekleşir. Sadece bunu yaşayan ikiniz bilirsiniz, başka kimse farkına varmaz; öylesi bir derinlikte olur her şey.

Bu sessizliğin tadına var; hisset ve tadını çıkar. Kısa zamanda anlayacaksın ki onun kendi iletişimi var; daha büyük, daha yüksek, daha derin ve daha içten. Ve bu iletişim kutsaldır, saftır.

DÖRT TUZAK

෯

İnsanlar çok iyi müzikten korkuyor, insanlar çok iyi şiirden korkuyor, insanlar derin yakınlıktan korkuyor.

Aşk ilişkileri, vur-kaç şeklinde yaşanıyor. İnsanlar birbirlerinin varlıklarına derinlemesine girmiyor, korku var; diğerinin varlık havuzu seni yansıtacak.

O havuzda, diğerinin varlığının aynasında, sen bulunamazsan ayna boşsa, hiçbir şey yansıtmıyorsa o zaman ne olur?

TEPKİ VERME ALIŞKANLIĞI

Tepki geçmişten kaynaklanır; yanıt ise şimdiden. Geçmişin eski kalıplarından tepki verirsin. Biri seni aşağılar ve birden eski mekanizma çalışmaya başlar. Geçmişte birileri seni aşağılamıştı ve sen belli bir şekilde davranmıştın; şimdi yine aynı şekilde davranıyorsun. Bu aşağılamaya ve bu insana yanıt vermiyorsun, sadece eski bir alışkanlığı tekrarlıyorsun. Bu insana ve bu yeni aşağılamaya bakmadın —onun kendi özellikleri var— sadece bir robot gibi davranıyorsun. İçinde bir mekanizma var, düğmeye basıyorsun, "Bu adam beni aşağıladı" diyorsun ve tepki veriyorsun.

Günlerden bir gün:

Buda bir ağacın altında öğrencileriyle oturmaktadır. Bir adam gelir ve yüzüne tükürür. Buda yüzünü siler ve adama sorar, "Başka? Başka ne söylemek istiyorsun?" Adam şaşırır, çünkü bir insanın yüzüne tükürülünce "Başka?" diye sormasını beklememiştir. Böyle bir deneyimi yoktur. Daha önce insanları hep aşağılamıştır ve onlar da kızarak tepki vermiştir. Ya da korkudan gülümsemiş ve adama yaranmaya çalışmışlardır. Ama Buda ikisini de yapmamış; ne öfkelenmiş, ne de korkmuştur. Sadece düz bir şekilde "Başka?" diye sormuştur. Tepki vermemiştir.

Ama Buda'nın öğrencileri öfkelenir, tepki verir. En yakın öğrencisi Ananda der ki: "Bu çok fazla, buna tahammül edemeyiz. Sen öğretine devam et, biz de şu adama bunu yapamayacağını gösterelim. Cezalandırılması gerekiyor. Yoksa herkes aynı şeyi yapmaya başlar."

Buda konuşur: "Sesini çıkartma. O beni kızdırmadı ama siz kızdırdınız. O bir yabancı, buralara yeni gelmiş. Benim hakkımda bir şeyler duymuş olmalı; 'Bu adam tanrıtanımaz, tehlikeli, insanları yoldan çıkarıp yanıltıyor' gibi şeyler. Benim hakkımda bir fikir edinmiş. O bana tükürmedi, kendi fikrine tükürdü; beni tanımıyor ki, bana nasıl tükürmüş olabilir? Eğer düşünürseniz, o kendi zihnine tükürdü. Ben onun bir parçası değilim ve görüyorum ki bu zavallı adamın söyleyecek başka bir şeyi olmalı. Çünkü bu bir şey söylemenin bir yolu; tükürmek bir şey söylemenin bir yolu. Bazen dilin yetmediğini hissettiğin anlar olur; derin sevgide, yoğun öfkede, nefrette, duada. Dilin yetmediği yoğun anlar olur. O zaman bir şey yapman gerekir. Derin sevgi duyduğunda birine sarılırsın; ne yaparsın orada? Bir şey söylersin. Çok öfkelendiğinde birine vurursun, tükürürsün; bir şey söylüyorsundur. Bu adamı anlayabiliyorum. Söyleyecek başka bir şeyi daha olmalı. O yüzden 'Başka?' diye sordum."

Adam daha da çok şaşırır! Ve Buda öğrencilerine der ki: "Siz beni daha çok kızdırdınız çünkü siz beni tanıyorsunuz, benimle yıllarca yaşadınız ama yine de tepki veriyorsunuz."

Şaşıran, kafası karışan adam evine döner. Bütün gece uyuyamaz. Bir Buda gördükten sonra artık eskisi gibi uyumak zordur, mümkün değildir. Bu deneyim tekrar tekrar aklına gelir. Ne olduğunu kendine açıklayamaz. Titreme, terleme nöbetleri geçirir. Böyle bir adama hiç rastlamamıştır; bütün zihni, bütün kalıpları, bütün geçmişi dağılır.

> *Eğer eski alışkanlıklarından, zihninden tepki verirsen, yanıt vermiş olmazsın. Yanıt vermek, tam olarak bu anda, şimdi, burada canlı olmaktır.*

Ertesi sabah geri döner. Buda'nın ayaklarına kapanır. Buda sorar: "Başka? Bu da sözle söylenemeyeni söylemenin başka bir yolu. Ayaklarıma dokunduğun zaman, sözcüklere sığmayan, sıradan dille anlatılamayan bir şey söylüyorsun." Buda devam eder: "Bak Ananda, bu adam yine burada bir şey söylüyor. Çok derin duyguları olan bir adam bu."

Adam Buda'ya bakar: "Dün yaptığım şey için beni affet."

Buda cevap verir: "Affetmek mi? Ama ben dün o hareketi yaptığın adam değilim ki. Ganj nehri sürekli akıyor, o hiçbir zaman aynı Ganj değil. Her adam bir nehirdir. Senin tükürdüğün adam artık burada değil. Aynı onun gibi görünüyorum ama aynı değilim, bu yirmi dört saatte öyle çok şey oldu ki! Nehirden çok su aktı. O yüzden seni affedemem çünkü sana kızgın değilim.

Ve sen de yenilendin. Görüyorum ki sen dün gelen adam değilsin; çünkü o adam kızgındı. O kızgındı ama sen önümde eğilip ayağıma dokunuyorsun, nasıl aynı adam olabilirsin? Sen o değilsin, o yüzden bunu unutalım. O iki adam; tüküren

adam ve tükürülen adam artık yok. Yakına gel. Başka şeyler-
den konuşalım."

Bu yanıttır.

Tepki geçmişten kaynaklanır. Eğer eski alışkanlıkların-
dan, zihninden tepki verirsen yanıt vermiş olmazsın. Yanıt
vermek, tam olarak bu anda, şimdi, burada canlı olmaktır.
Yanıt güzel bir olgudur, hayattır. Tepki ölü, çirkin, çürümüş-
tür, bir cesettir. Zamanının yüzde doksan dokuzunda tepki
veriyorsun ve buna yanıt diyorsun. Nadiren yanıt veriyorsun;
ama bu ne zaman olsa, biraz kavrıyorsun. Bu ne zaman olsa,
bilinmeyenin kapısı açılıyor.

Evine dön ve karına tepkiyle değil, yanıt vererek bak. İnsanlar
görüyorum; bir kadınla birlikte otuz yıl, kırk yıl yaşamış ve artık
ona bakmayı bırakmış. Biliyor ki o "yaşlı hanım", tanıdığını zannetti-
ği yaşlı kadın. Ama bunca zaman-dır nehir akıyor. Bu kadın evlen-
miş olduğu aynı kadın değil. O geçmişte kalan bir olgu, o kadın
artık hiçbir yerde yok; bu tama-men yeni bir kadın.

Her an yeniden doğuyorsun. Her an ölüyorsun ve her an doğu-
yorsun. Son zamanlarda hiç karı-na, annene, babana, arkadaşına
baktın mı? Bakmayı bıraktın; çün-kü sanıyorsun ki onlar eskisi gibi,
o zaman onlara bakmanın anlamı

> *Son zamanlarda hiç karına, annene, babana, arkadaşına baktın mı? Bakmayı bıraktın; çünkü sanıyorsun ki onlar eskisi gibi, o zaman onlara bakmanın anlamı da yok. Geri dön ve yeni gözlerle bak, sanki bir yabancıya bakıyormuşsun gibi ve o yaşlı kadının ne kadar değişmiş olduğuna şaşıracaksın*

da yok. Geri dön ve yeni gözlerle bak, sanki bir yabancıya ba-
kıyormuşsun gibi ve o yaşlı kadının ne kadar değişmiş oldu-
ğuna şaşıracaksın.

Her gün inanılmaz değişiklikler oluyor. Bu bir akış. Her
şey akmaya devam ediyor, hiçbir şey donmuş değil. Ama zi-
hin ölü bir şey, o donmuş bir şey. Donmuş zihinden hareket
edersen, ölü bir hayatın olur. Gerçekten yaşamazsın, çoktan
mezara girmişsindir.

Tepki vermeyi bırak. Daha çok yanıta izin ver. Yanıt ver-
mek sorumlu olmaktır. Yanıt vermek karşılık vermek, duyar-
lı olmaktır. Şu ana ve buraya karşı duyarlı ol.

GÜVENLİĞE SAPLANMAK

Hiçbir ilişki güvenli olamaz. Güvenli olmak, ilişkilerin
doğasında yoktur ve eğer bir ilişki güvenliyse bütün çekicili-
ğini kaybeder. İşte bu zihin için bir problemdir. Bir ilişkinin
tadına varmak istiyorsan güvensiz olmak zorundadır. Onu ta-
mamen güvenli kılarsan tadına varamazsın; büyüsünü, cazi-
besini kaybeder. Ve zihin bununla da, onunla da tatmin ol-
maz, o yüzden de daima çelişki ve kaos içindedir. Hem canlı,
hem de güvenli bir ilişki ister ama bu mümkün olmaz çünkü
canlı bir insan, canlı bir ilişki, canlı herhangi bir şey, ne ola-
cağı belli olmayan bir şeydir. Bir sonraki anda ne olacağı bi-
linemez. Bilinemediği için de şimdiki an daha yoğun olur.

Bu anı mümkün olduğu kadar tam yaşamalısın çünkü
sonraki an hiçbir zaman gelmeyebilir. Sen burada olmayabi-
lirsin, diğeri burada olmayabilir. Ya da ikiniz de burada olur-
sunuz ama ilişki burada olmaz. Bütün olasılıklar açıktır. Ge-
lecek her zaman açıktır; geçmişse her zaman kapalı. Ve ikisi-

nin arasında şimdi; şimdinin tek bir anı var, daima titreşen ve sarsılan. Ama hayat böyledir. Titreşme ve sarsılma canlı olmanın parçasıdır; duraksama, sis, belirsizlik.

Geçmiş kapalıdır. Her şey oldu ve şimdi hiçbir şey değişemez, her şey tamamen kapandı. Gelecek tümüyle açık, hiçbir şey bilinmiyor. Ve ikisinin arasında bu an; bir ayak geçmişte, bir ayak gelecekte. O yüzden zihin daima bir ikilik içindedir, bölünmüş durumdadır. Her zaman parçalı, her zaman şizofren.

Bunun böyle olduğunu ve bu konuda bir şey yapılamayacağını anlaman gerekiyor. Çok güvenli bir ilişki istiyorsan ölü bir insanı sevmek zorundasın ama o da hoşuna gitmeyecektir. Bir sevgili bir kocaya dönüştüğünde olan budur; koca ölü bir sevgilidir, karısı ölü bir sevgilidir. Her şey geçmişten ibarettir ve artık geleceğe geçmiş karar verir. Aslında, eğer bir eşşen geleceğin de yoktur; geçmiş kendini tekrarlayacaktır, bütün kapılar kapalıdır. Hapistesindir, duvarlar içinde.

Böyledir; sürekli güvenlik ararsın ama bulunca da ondan hemen sıkılırsın. Evli çiftlerin yüzlerine bak. Güvenlik bulmuşlar —o çok aranan güvenliği— ve şimdi her şey banka hesabında ve devlet ve mahkeme ve kanunlar her şeyi güvenceye almış durumda. Ama büyü, şiir tümüyle kaybolmuş; aşk yok artık. Onlar ölü insanlar; geçmişi tekrarlayıp anılarda yaşıyorlar.

Evli çiftlerin sözlerini dinle. Kadın, kocasının onu eskisi gibi sevmediğini söyler, geçmiş anlardan, balayından, diğer olaylardan söz ederler. Ne saçmalık. Hâlâ yaşıyorsun. Şu an bir balayı olabilir. Şu an yaşanabilir ama konuşarak geçmişi tekrarlamaya çalışıyorsun. Güvenlik asla tatmin etmez ve güvencesizlikte de korku vardır, ilişkinin yok olabileceği kor-

> *Evli çiftlerin yüzlerine bak. Güvenlik bulmuşlar – o çok aranan güvenliği – ve şimdi her şey banka hesabında. Ama, büyü, şiir tümüyle kaybolmuş; aşk yok artık.*

kusu. Ama bu hayatta olmanın parçasıdır. Her şey yok olabilir, hiçbir şey garanti değildir ve her şey o yüzden bu kadar güzeldir. Ve bu yüzden hiçbir anı ertelememen gerekir; eğer bir insanı sevmek istiyorsan, sev onu; burada, şimdi. Çünkü kimse bir an sonra ne olacağını bilemez. Sonraki anda sevgi mümkün olmayabilir ve hayatın boyunca pişmanlık duyabilirsin. Sevebilirdin, yaşayabilirdin. O zaman insan pişmanlıkla dolar ve derin bir suçluluk duyar, sanki kendini öldürmüş gibi. Hayatın garantisi yoktur. Kimse hayatın garantisini veremez. Garantisini vermenin yolu yoktur. Ve bunun böyle olması iyidir; yoksa ölü olurdu. Hayat kırılgandır, narindir, daima bilinmeyene akar; güzelliği de budur. İnsan cesur olmalı, maceracı olmalı. İnsan hayatla akabilmek için kumarbaz olmalı. Kumarbaz ol o zaman. Bu anı yaşa ve tam olarak yaşa. Sonraki an geldiğinde zaten göreceksin. Onunla başa çıkmak için orda olacaksın; geçmişle nasıl başa çıktıysan, gelecekle de başa çıkacaksın ve daha yetenekli olacaksın çünkü deneyimlerin olacak.

O yüzden, mesele diğerinin bir sonraki an senin yanında olup olmaması değil. Asıl mesele; eğer şu anda yanındaysa onu sev. Sonraki anı düşünerek bu anı harcama, bu intihar olur. Gelecek üstüne tek fikrini bile harcama çünkü o konuda hiçbir şey yapamazsın, enerjini çöpe atmak olur bu. Bu insanı sev ve onun tarafından sevil.

Benim anlayışıma göre, eğer bu anı tam olarak yaşayabilirsen, sonraki an bu insanın yanında olması da çok muhtemeldir. Muhtemel diyorum; söz veremem. İhtimal büyüktür, çünkü sonraki an bu anın içinden çıkar. Ve bu insanı sevdiysen, o da mutluysa, ilişki de güzel bir deneyim olmuşsa niye seni bıraksın?

Aslında, endişelenmeye devam edersen bu insanı seni terk etmeye zorlarsın. Ve eğer bu anı çöpe attıysan, sonraki an da bu çöpten çıkar; çürümüş olur. İşte insan kendi kendini böyle haklı çıkarır. Kendi kehanetlerin gerçekleştirmeye böyle devam edersin. Dersin ki; "Evet, başından beri bu ilişkinin yürümeyeceğini biliyordum. İşte haklı çıktım." O zaman kendini çok iyi hissedersin bir bakıma; çünkü çok akıllı ve zeki olduğun ispatlanmıştır. Aslında aptallık ettin çünkü hiçbir şeyi önceden anlamış falan değildin. Olayları böyle gelişmeye sen zorladın çünkü sana verilen zamanı, fırsatı boşa harcadın. O yüzden bu insanı sev ve geleceği unut. Bütün o yarını düşünme saçmalığını bırak. Sevebiliyorsan sev. Sevemiyorsan, bu insanı unut, başkasını bul. Ama zamanını harcama.

> *Eğer bu anı tam olarak yaşayabilirsen, sonraki an bu insanın yanında olması da çok muhtemeldir. Muhtemel diyorum; söz veremem. İhtimal büyüktür, çünkü sonraki an, bu anın içinden çıkar*

Önemli olan bu sevgili mi, o sevgili mi meselesi değil; önemli olan sevgi. Sevgi mutlu eder, insanlar sadece bahanedir. Ama her şey sana bağlı çünkü bir insanla ne yapıyorsan, başka biriyle de aynı şeyi yaparsın.

Birini mutlu ediyorsan seni niye terk etsin? Ama onu mutsuz ediyorsan da, niye terk etmesin? Eğer onu mutsuz ediyorsan, seni terk etmesine ben yol açarım! Ama onu mutlu ediyorsan kimse onun seni terk etmesine yol açamaz bunun yararı olmaz, o zaman senin için bütün dünyayla savaşacaktır.

O yüzden daha mutlu ol. Zamanını kullan ve geleceği düşünmene gerek yok, bu an yeterli. Bu andan itibaren bu anı yaşamaya çalış. Bu anı endişelenmek için değil yaşamak için kullan. Biraz ilgi, biraz paylaşma. Hayat bundan ibaret.

HER İNSAN RUHSAL BİR GÜVENLİK ALANI YARATIR; bu güvenliğin kendi hapishanesi olduğu gerçeğini fark etmeden. İnsanlar her türlü güvencesizlikle çevrilidir. Bu yüzden korunma yaratmak doğal bir arzudur. Sen içinde yaşadığın tehlikelere karşı daha tetikte oldukça bu korunma gittikçe daha çok büyür. Hapishanen gittikçe küçülür; o kadar korunmalı yaşamaya başlarsın ki, yaşaman imkânsızlaşır.

Hayat sadece güvencesizlikte mümkündür. Bunu anlamak çok önemli. Hayat özünde güvencesizliktir. Kendini korumaya alırken bütün hayatını yok ediyorsun. Korunma ölümdür çünkü sadece mezarında ölü yatanlar tam olarak korunma altındadır. Onlara kimse zarar veremez, onlar için hiçbir sorun yoktur. Onlar için artık ölüm yoktur, her şey geçmişte kalmıştır. Hiçbir şey olmayacaktır.

Bir mezarın güvenliğini mi istiyorsun? Bilmeden herkesin yapmaya çalıştığı şey bu. Yöntemleri farklı ama hedefleri aynı. Parayla, güçle, prestijle, topluma uyum sağlamakla, sürüye katılmakla, aileye,

> 🌀
> *Birini mutlu ediyorsan,*
> *seni niye terk etsin?*
> *Ama onu mutsuz*
> *ediyorsan da,*
> *niye terk etmesin?*

ulusa ait olmakla ne arıyorsun? Belirsiz bir korkuyla çevrilisin ve o korkuyla kendi aranda mümkün olduğu kadar çok parmaklık yaratıyorsun. Ama o parmaklıklar senin yaşamana engel olacak. Bunu anladığın zaman, *sannyas*'ın anlamını anlayabilirsin. O, hayatı güvencesizlik olarak kabul etmektir, savunmayı bırakmaktır, hayatın seni ele geçirmesine izin vermektir. Tehlikeli bir adımdır ama bunu yapabilenler karşılığını fazlasıyla alır çünkü sadece onlar yaşar. Diğerleri sadece hayatta kalır.

Hayatta kalmakla yaşamak aynı şey değildir. Hayatta kalmak sadece sürünmektir; beşikten mezara kadar sürünmek, mezarın ne zaman geleceğini düşünerek. Beşikle mezar arasındaki alanda korkulacak ne var? Ölüm kesinlikle olacak ve kaybedecek hiçbir şeyin yok. Hiçbir şeyin olmadan geliyorsun. Korkuların sadece birer yansıma. Kaybedecek hiçbir şeyin yok, elindeki her şey bir gün zaten kaybolacak. Eğer ölüm kesin olmasaydı o zaman güvenlik yaratma fikrinin bir anlamı olabilirdi. Eğer ölümden kaçabiliyor olsaydın o zaman ölümle aranda parmaklıklar yaratman gerçekten doğru olurdu. Ama ondan kaçamazsın. Ölüm orada; bu bir kere kabul edildiğinde ölümün bütün gücü kaybolur, yapılacak bir şey yoktur. Yapılacak bir şey yoksa, niye kafanı yoracaksın?

Savaşa yürüyen askerlerin titrediği bilinen bir gerçektir. İçlerinden bilirler ki akşama hepsi dönmeyecektir. Kimin dönüp kimin dönmeyeceğini kimse bilemez ve dönmeyenlerden biri olmak muhtemeldir. Ama psikologlar şöyle tuhaf bir şey gözlemlemiş: Cepheye ulaştığı anda, askerin korkusu tamamen kayboluyor. Oyun gibi savaşmaya başlıyor. Ölüm bir kere kabul edilince acısı nerdedir? Ölümün her an gelebileceğini bir kere kabul edince varlığını tamamen unutuyor. Ordudan çok sayıda arkadaşım oldu; çok neşeli, çok rahat adamlar olduklarını görmek tuhaftı. Herhangi bir zamanda çağrı gelebilir –silah başına– ama onlar kağıt oynar, golf oynar, içer, dans eder. Hayatın keyfini tam çıkarırlar.

Bana sık sık gelen bir komutan vardı. Ona sordum, "Nerdeyse her gün ölüme hazırsın; yine de mutlu olmayı nasıl başarıyorsun?"

O da dedi ki, " Başka yapacak bir şey var mı? Ölüm zaten kesin."

Bir kere kesinliği, kaçınılmazlığı kabul ettin mi, o zaman ağlayıp şikâyet etmek, mezara kadar sürünmek yerine, niye dansetmeyesin? Beşikle mezar arasındaki zamanı neden en iyi şekilde geçirmeyesin? Her anı sanki sonraki an hiç gelmeyecekmiş gibi bütünlükle yaşamayasın? Keyifle ölebilirsin, çünkü keyifle yaşadın.

Ama kendi psikolojisinin çalışma prensibini anlayabilen çok az insan var. Yaşamak yerine korunmaya çalışıyorlar. Şarkı ve dans olabilecek enerji, daha çok para, daha çok güç, daha çok hırs, daha çok güvenlik için harcanıyor. Harika bir sevgi çiçeği olabilecek enerji evliliğin hapishanesine dönüşüyor.

Sadece mezarında ölü yatanlar tam olarak korunma altındadır. Onlara kimse zarar veremez, onlar için hiçbir sorun yoktur.

Kanun, toplum düzeni, saygınlık fikri, insanların bakışı açısından evlilik güvenlidir. Herkes başkalarından korkar, o yüzden de insanlar rol yapmaya devam eder. Sevgi kaybolur; senin elinde değildir bu. Bir rüzgâr gibi gelir, rüzgâr gibi de gider. Uyanık ve farkında olanlar rüzgârla dans eder, serinliğinin ve kokusunun tadını çıkarırlar. Gidince de üzülmezler. Bilinmeyenden gelen bir armağandı. Yine gelebilir. Beklerler; yine, yine gelir. Yavaş yavaş öğrenirler, sabırla bekleyerek. Ama yüzyıllardır çoğu insan bunun tam tersini yapmıştır. Rüzgârın kaçabileceğinden korkup bütün kapıları, pencereleri, çatlakları kapatırlar. Güvenlik için kurdukları düzendir bu ve adına da evlilik denir. Ama çok şaşırırlar; bütün kapılar ve pencereler kapanınca, en küçük çatlaklar bile kapanınca, harika serinlikte bir rüzgâr yerine, ölü ve bayat bir hava kalır. Herkes bunu hisseder ama içeri kapatıldığı zaman rüzgârın güzelliğinin yok olduğunu fark etmek cesaret ister.

Yaşayan hiçbir şey yakalanıp hapsedilemez. İnsan var olduğu sürece tam bir şükran duyarak, açıklıkla, her türden deneyimlere izin vererek yaşamalı. Şükran duyarak ama yarın korkusu duymadan. Eğer bugün güzel bir sabah, güzel bir gündoğumu, kuş sesleri, çiçekler getirdiyse niye yarını dert edesin? Yarın başka bir gün. Belki gündoğumu başka renkler getirecek. Belki kuşların sesi biraz değişecek, belki yağmur bulutları ve yağmurun dansı olacak. Ama onun kendi güzelliği, kendi armağanı var.

İyi ki her şey değişiyor; hiçbir gece aynı değil, hiçbir gün diğerini tekrarlamıyor. Yeni bir şey hayatın bütün heyecanı ve coşkusu burada, yoksa insan çok sıkılır. Ve hayatını güvenlikle dolduranlar çok sıkılıyor. Eşlerinden, çocuklarından, arkadaşlarından sıkılıyorlar. Milyonlarca insanın deneyimi can sıkıntısı ama bunu gizlemek için gülümsüyorlar.

Nietzsche diyor ki, "Mutlu bir adam olduğumu sanmayın. Gözyaşlarımı gizlemek için gülümsüyorum. Gözyaşlarımı engellemek için gülümsemekle meşgulüm. Gülümsemediğim anda gözyaşları akın edebilir." İnsanlara tamamen yanlış tutumlar öğretiliyor: Gözyaşlarını gizle, her zaman mesafeni koru, başkalarını uzak tut. Çok yakına gelmesinler çünkü o za-

> *Ağlayıp şikâyet etmek,*
> *mezara kadar sürünmek*
> *yerine, niye*
> *dansetmeyesin?*
> *Her anı sanki sonraki*
> *an hiç gelmeyecekmiş*
> *gibi bütünlükle*
> *yaşamayasın?*

man senin içindeki o sefaleti, can sıkıntısını, öfkeyi görürler, hastalığı görürler.

İnsanlığın tümü hasta çünkü hayatın güvencesizliğinin dinimiz haline gelmesine izin vermedik. Güvencemiz tanrılarımızda, güvencemiz erdemlerimizde, güvencemiz bilgimizde, güvencemiz ilişkilerimizde. Tüm hayatlarımızı güvence bonoları biriktirerek harcıyoruz. Erdemlerimiz, sofuluğumuz öldükten sonra güvende olmak için yarattığımız şeyler. Öbür dünya için yarattığımız banka hesapları.

Ama bu arada muhteşem güzellikte bir hayat elinden kayıp gidiyor. Ağaçlar çok güzeldir çünkü onlar güvencesizlik korkusu bilmez. Vahşi hayvanlar çok ihtişamlıdır çünkü onlar ölümün var olduğunu bilmez, güvencesizliği bilmez. Çiçekler güneşte de yağmurda da dans eder çünkü akşam neler olacağını dert etmezler. Yaprakları dökülecek ve nasıl bilinmeyen bir kaynaktan ortaya çıktılarsa, yine aynı bilinmeyen kaynağa doğru gözden kaybolacaklar. Ama bu arada, bu görünme ve kaybolma arasında, ya dans etme, ya da kederlenme fırsatları var.

Sahici bir insan güvenlik fikrini tamamen bir yana atar ve tam güvencesizlikte yaşamaya başlar çünkü yaşamın doğası budur. Bunu değiştiremezsin. Değiştiremediğin şeyi kabul et ve neşeyle kabul et. Boş yere kafanı duvara vurma, öylece kapıdan geç.

GÖLGE BOKSU

Chuang Tzu'dan bir hikâye:

Adamın biri kendi gölgesinden ve kendi adımlarından

o kadar rahatsızmış ki, ikisini de hayatından çıkarmaya karar vermiş.

Bunun için de bir yöntem bulmuş; onlardan kaçıp kurtulacakmış.

Ayağa kalkıp tabana kuvvet koşmaya başlamış. Ama ayağını her yere

vuruşunda, yerde bir adım daha oluyormuş ve gölgesi de hiç zorlanmadan

onu takip etmekteymiş.

Adam da yeterince hızlı koşmadığı için başaramadığına karar vermiş ve

daha hızlı koşmaya başlamış; hiç durmadan koşmuş, koşmuş,

en sonunda ölüp yere yığılmış.

Bir gölgelikte dursa gölgesinin kaybolacağı,

öylece orada otursa adımlarının da olmayacağı hiç aklına gelmemiş.

İnsan kendi karmaşasını, sırf kendini reddetmeye, suçlamaya, kabul etmemeye devam ettiği için kendisi yaratıyor. Bunu da bir dizi karmaşa, içsel kaos, sefalet izliyor. Niye kendini olduğun gibi kabul etmiyorsun? Yanlış olan ne? Bütün varoluş seni olduğun gibi kabul ediyor ama sen etmiyorsun.

Ulaşmak istediğin bir ideal var. O ideal her zaman gelecekte —öyle olmak zorunda— hiçbir ideal şimdide olamaz. Ve gelecek de ortada yok daha doğmadı. Ama o ideal yüzünden sen gelecekte yaşıyorsun. Bu da sadece bir hayal. O ideal yüzünden şimdi burada yaşayamıyorsun. O ideal yüzünden kendini suçluyorsun.

> ᏧᏩ
>
> *Bütün ideolojiler, bütün idealler suçlayıcıdır çünkü zihninde bir imaj yaratırlar. Ve sen kendini o imajla karşılaştırmaya devam ettiğin sürece bir şeylerin eksik olduğunu düşünürsün*

Bütün ideolojiler, bütün idealler suçlayıcıdır çünkü zihninde bir imaj yaratırlar. Ve sen kendini o imajla karşılaştırmaya devam ettiğin sürece bir şeylerin eksik olduğunu düşünürsün. Hiçbir şey eksik değil. Mükemmellik ne kadar mümkünse, sen de o kadar mükemmelsin.

Bunu anlamaya çalış çünkü ancak o zaman Chuang Tzu'nun hikâyesini anlayabilirsin. Bu gelmiş geçmiş en güzel hikâyelerden biri ve insan zihninin mekanizmasının çok derinine iniyor. Niye zihninde idealler taşımaya devam ediyorsun? Niye olduğun gibi yeterli değilsin? Tam şu anda niye Tanrı gibi değilsin? Sana kim karışıyor? Yolunu kim engelliyor? Niye tam şu anın keyfini çıkarıp mutlu olmuyorsun? Engel nerede?

Engel idealden kaynaklanıyor. Nasıl keyifli olabilirsin? Öyle çok öfke var ki içinde, önce o öfkenin gitmesi gerekiyor. Nasıl mutlu olabilirsin? Öyle çok seks var ki benliğinde, önce onun gitmesi gerekiyor. Nasıl bu anı kutlayan tanrılar gibi olabilirsin? Öyle çok açgözlülük, hırs, öfkeyle dolusun ki, önce onların gitmesi gerekiyor. O zaman tanrılar gibi olabilirsin.

İdealler böyle yaratılıyor ve idealler yüzünden kendini suçluyorsun. Kendini idealle karşılaştırırsan asla mükemmel olamazsın. Mümkün değil. "Eğer" dediğin sürece mutluluk imkânsızdır çünkü "eğer" en büyük mutsuzluk kaynağıdır.

"Eğer bu koşullar gerçekleşirse o zaman mutlu olurum"

dediğin sürece o koşullar asla gerçekleşmez. Ayrıca, o koşullar gerçekleşse bile, o zamana kadar bunu kutlama ve keyfini çıkarma kapasiten yok olur. Üstelik o koşullar gerçekleşinceye kadar –o da şayet olursa çünkü aslında hiç gerçekleşemezler– zihnin yeni idealler üretir.

İşte hayatlar boyu yaşamı böyle ıskaladın. İdeal yaratıyorsun, sonra o ideal olmak istiyorsun. Sonunda da kendini suçlu ve değersiz hissediyorsun. Hayal gören zihnin yüzünden gerçekliğin lanetli. Seni hayaller rahatsız ediyor.

Ben sana tam tersini söylüyorum. Hemen şu anda tanrılar gibi ol. Öfke yine olsun, seks yine olsun, hırs yine olsun. Sen yaşamı kutlamaya bak. O zaman giderek daha çok kutlama hissedeceksin, daha az öfke; daha çok mutluluk, daha az hırs; daha çok keyif, daha az seks. O zaman doğru yolu buldun demektir. Başka türlüsü olamaz. İnsan hayatı bütünüyle kutlayabildiği zaman yanlış olan her şey kaybolur. Ama yanlışların kaybolması için önce birtakım ayarlamalar yapmaya çalışırsan asla kaybolmazlar.

Şu anda herkesin Tanrı olduğunu düşünmek sana zor geliyor. Ama soruyorum, eksik olan ne? Nedir eksik olan? Hayattasın, nefes alıyorsun, bilincin var, başka neye ihtiyacın var? Tam şu anda, tanrılar gibi ol.

Bu tıpkı karanlıkla savaşmaya benziyor. Evin tamamen karanlıktır ve sen dersin ki "Mumu nasıl yakayım? Mumu yakabilmem için etrafın karanlık olmaması lazım." Şimdiye kadar senin yaptığın şey bu. Önce hırsın yok olması gerektiğini, ancak o zaman mutlu olacağını söylüyorsun. Bu çok saçma! Diyorsun ki önce karanlık gitsin, o zaman mum yakabilirim. Sanki karanlık sana engelmiş gibi. Karanlığın varlığı yoktur. O hiçbir şeydir, maddesizdir. O sadece yokluktur, varlık değildir. O sadece ışığın yokluğudur; ışığı yak, o zaman karanlık kaybolur.

Kutla, mutlu bir alev ol, o zaman yanlış olan her şey yok olur. Öfke, hırs, seks ve benzerlerinin maddesi yoktur. Onlar sadece mutlu, coşkulu bir hayatın yokluğudur.

Keyifsiz olduğun için öfkelisin. Öfkeni birisi yaratmıyor; keyfin olmadığı için sefalet içindesin. Bu yüzden öfkelisin. Diğerleri sadece bahane. Kutlayamadığın için sevemiyorsun da; o yüzden seks var. Gölgelerle yetinmek bu. Zihnin de diyor ki, "Önce bunları yok et ki, Tanrı sana gelsin." Bu insanlığın en tescilli aptallıklarından biri, en eskisi ve herkes de buna inanmış durumda.

Şu anda herkesin Tanrı olduğunu düşünmek sana zor geliyor. Ama soruyorum, eksik olan ne? Nedir eksik olan? Hayattasın, nefes alıyorsun, bilincin var, başka neye ihtiyacın var? Tam şu anda tanrılar gibi ol. "Mış gibi" hissetsen bile, dert etme. "Tanrı gibi olduğumu farz ediyorum" desen bile, farz et, sorun değil. "Mış gibi"yle başla, gerçek de arkasından gelir çünkü gerçekte öylesin. Bir kere Tanrı olarak var olmaya başlayınca bütün sefalet, bütün karmaşa, bütün karanlık kaybolur. Işık ol ve ışık olman için gerçekleşmesi gereken hiçbir koşul yok.

Şimdi bu güzel hikâyenin içine gireceğim:

Adamın biri kendi gölgesinden ve kendi adımlarından o kadar rahatsızmış ki, ikisini de hayatından çıkarmaya karar vermiş.

Unutma. Bu adam sensin; bu adam herkesin içinde var. Bugüne kadar böyle davrandın, bu senin de mantığın: Gölgeden kaçmak. Bu adam gölgesinden çok rahatsızmış. Neden?

Gölgenin nesi yanlış? Gölgeden niye rahatsız olunsun? Çünkü, belki duymuşsundur, bazı hayalciler der ki tanrıların gölgeleri olmazmış. Yürüdükleri zaman gölge görünmezmiş. Bu adam da işte o tanrılar yüzünden rahatsız.

Söylendiğine göre cennette güneş doğarmış ve tanrılar da yürürmüş ama gölgeleri olmazmış, şeffafmış onlar. Ama ben diyorum ki: Bu sadece bir hayal. Gölgesiz bir şey hiçbir yerde var olmaz, var olamaz. Eğer kendisi varsa, gölgesi de vardır. Eğer yoksa ancak o zaman gölgesi yok olabilir.

Olmak bir gölge yaratmak anlamına gelir. Öfken, seksin, hırsın; hepsi gölge. Ama gölge olduklarını unutma. Bir anlamda var, bir anlamda da yoklar; gölgenin anlamı budur. Gölgenin maddesi yoktur. Bir gölge sadece bir yokluktur. Ayakta durursun, güneş ışınları senin üzerine düşer ve sen orda olduğun için birkaç ışın geçemez. O zaman bir şekil oluşur, gölgenin şekli. Bu sadece bir yokluktur. Sen güneşin yoluna çıktın, o yüzden gölge oluştu.

Gölgenin maddesi yok, maddesi olan sensin. Sen maddeselsin, o yüzden gölge oluşuyor. Eğer bir hayalet olsaydın gölgen de olmazdı. Ve cennetteki melekler de hayaletten başka bir şey değil; sen ve ideologlar tarafından, ideal yaratan adamlar tarafından hayal edilen hayaletler. Bu adam rahatsız çünkü ona ancak gölgesi yok olduğu zaman Tanrı olabileceğini söylemişler.

Adamın biri kendi gölgesinden ve kendi adımlarından o kadar rahatsızmış ki, ikisini de hayatından çıkarmaya karar vermiş.

Sen nelerden rahatsız oluyorsun? Derine inersen, kendi adımlarının sesinden başka bir şey bulamayacaksın.

Sen nelerden rahatsız oluyorsun? Derine inersen kendi adımlarının sesinden başka bir şey bulamayacaksın. Kendi adımlarından neden bu kadar rahatsızsın? Senin bir varlığın var, o zaman biraz ses olması da normal; insan bunu kabul etmeli. Ama adam duymuş ki tanrıların gölgeleri yoktur, adımları da ses çıkarmaz. Bu tanrılar birer hayal ürününden başka bir şey olamaz; onlar sadece zihinde var olabilir. Böyle bir cennet hiçbir yerde var olamaz. Eğer bir şey varsa etrafında ses de oluşur. Varoluş böyledir, bu konuda bir şey yapamazsın. Doğa böyledir. Bu konuda bir şey yapmaya kalkarsan yanılırsın. Bu konuda bir şey yapmaya çalışırsan, hayatın boşa harcanır ve sonunda hiçbir yere varmadığını hissedersin. Gölge olduğu yerde durmaktadır, adımlar ses çıkarır ve ölüm kapıyı çalmaktadır.

Ölüm kapını çalmadan kendini kabul et ve o zaman bir mucize oluşur. Mucize şudur ki, kendini kabul edince kendinden kaçmazsın. Şu anda her biriniz kendinden kaçıyor. Bana gelsen bile, kendinden kaçışının bir parçası olarak geliyorsun. O yüzden bana ulaşamıyorsun; boşluk burada. Eğer bana kaçışının bir parçası olarak geldiysen, bana gelemezsin; çünkü benim bütün çabam, kendinden kaçmamana yardımcı olmak. Kendinden kaçmaya çalışma; başka biri olamazsın. Senin belli bir kaderin ve bireyselliğin var.

Tıpkı her parmak izinin tek ve kendine özgü oluşu gibi –o parmak izi başka hiçbirinde olmadı ve olmayacak, sadece sana ait– varlığın için de aynı şey söz konusu. Tek ve kendine özgü bir varlığın var, karşılaştırılamaz; daha önce hiç olmadı, bir daha da hiç olmayacak, o sadece sende var. Kutla onu! Tanrı herkese özgün bir armağan verdi ve sen onu aşağılıyorsun. Daha iyi bir şey istiyorsun. Varoluştan daha bilge olmaya çalışıyorsun, Tao'dan daha bilge olmaya çalışıyorsun, işte o zaman yanılıyorsun.

Unutma, parça hiçbir zaman bütünden daha bilge olamaz ve bütünün yaptığı her şey nihaidir, onu değiştiremezsin. Bunu yapmaya çalışabilir ve hayatını harcayabilirsin ama bir şey elde edemezsin.

Bütün çok büyük; sen sadece atomik bir hücresin. Okyanus çok büyük, sen onun içinde bir damlasın. Okyanus tuzlu ve sen tatlı olmaya çalışıyorsun; mümkün değil. Ama ego imkânsızı, zoru, olanaksızı gerçekleştirmeye çalışır. Ve Chuang Tzu diyor ki, "Kolay, doğrudur." Niye kolayı kabul edemiyorsun? Niye gölgeye evet demiyorsun? Evet dediğin anda kaybolur; en azından vücudunda kalsa bile zihninden kaybolur.

Tek ve kendine özgü bir varlığın var, karşılaştırılamaz; daha önce hiç olmadı, bir daha da hiç olmayacak, o sadece sende var. Kutla onu!

Ama sorun nerde? Bir gölge nasıl sorun yaratır? Niye ondan sorun yaratıyorsun? Şu anda olduğun şekilde, her şeyden sorun yaratıyorsun. Bu adam ne yapacağını şaşırmış, gölgesini görmekten rahatsız. Tanrı olmak istiyor, gölgesiz olmak istiyor.

Ama zaten bir Tanrı gibisin ve olmadığın bir şey olamazsın. Nasıl olabilirsin? Sadece olduğun şey olabilirsin; bütün oluş, sadece varlığına doğrudur, o da zaten vardır. Etrafta dolanıp başkalarının kapılarını çalabilirsin ama sadece kendinle saklambaç oynamak olur bu. Başkalarının kapısını daha ne kadar çalacağın, orda burada ne kadar dolanacağın sana bağlı. Eninde sonunda kendi kapına geleceksin, kendi kapının her zaman zaten orda olduğu anlayışına. Onu senden kimse alamaz. Doğa, Tao senden alınamaz.

Bu adam gölgesinden rahatsız olmuş. Bulduğu yöntem de ondan kaçıp kurtulmakmış. Bu, herkesin bulduğu yöntem. Zihnin kötü niyetli bir mantığı varmış gibi görünüyor. Mesela öfkelendin diyelim, ne yaparsın? Zihnin der ki "Öfkelenme, söz ver kendine." Ne yaparsın? Bastırırsın ve ne kadar çok bastırırsan, öfke de varlığının derinine o kadar çok iner. O zaman artık bazen öfkeli, bazen öfkesiz olmazsın; eğer çok fazla bastırdıysan sürekli öfkeli olmaya başlarsın. Öfke senin kanına işler, zehirlemeye başlar, bütün ilişkilerine yayılır. Birine âşık bile olsan öfke ordadır ve sevginde şiddet olur. Birine yardım etmek bile istesen, o yardımda zehir olur çünkü zehir sendedir. Ve bütün davranışların taşır onu, onlar seni yansıtır. Ve öfkeyi tekrar hissettiğin zaman zihnin der ki "Yeterince bastırmadın, daha fazla bastır." Öfke zaten bastırdığın için ordadır ve zihin der ki "Daha çok bastır!" O zaman, daha çok öfke olacaktır.

Zihninde baskı yüzünden seks vardır ve zihnin der ki, "Daha çok bastır. Bastırmanın yeni yollarını, yöntemlerini bul ki, yalnız yaşayabilesin." Ama yalnız yaşamak bu şekilde mümkün olmaz. Eğer bastırırsan seks sadece vücuduna işlemekle kalmaz, zihnini de sarar, beyinsel bir hale gelir. O zaman insan tekrar tekrar seksi düşünmeye devam eder. O yüzden dünyada bu kadar çok pornografik yayın var.

İnsanlar çıplak kadın resimleri görmekten neden bu kadar hoşlanıyor? Kadınların kendileri yetmez durumda mı? Fazlasıyla yeter durumdalar! O zaman bu ihtiyaç ne? Resim, her zaman kadının gerçeğinden daha seksidir. Gerçek kadının bir vücudu ve gölgesi var ve adımları da her zaman orda olacak, ses de olacak. Fotoğraf ise bir hayal; tamamen zihinsel, beyinsel ve gölgesi yok. Gerçek bir kadının teri olur, vücudunun kokusu olur; fotoğraf asla terlemez. Gerçek bir kadın öfkelenir; resmin öfkesi olmaz. Gerçek bir kadın yaşlanır; resim her zaman genç ve taze kalır. Resim sadece zihinseldir. Vücudundaki seksi bastıranlar, seksi zihinsel olarak yaşar. O zaman zihinleri seksle çalışır ve bu bir hastalık haline gelir.

Aç hissediyorsan tamam, yemek ye ama sürekli yemek düşünüyorsan, o zaman bu bir saplantı, bir hastalıktır. Aç olduğunda yemeği yemek ve bitirmek doğaldır. Ama sen hiçbir şeyi bitirmiyorsun ve her şey zihne vuruyor.

Nasrettin Hoca'nın karısı hastaydı ve hastanede ameliyat oldu.

Birkaç gün önce hastaneden geri geldi, ben de sordum: "Karın nasıl? Ameliyatı atlattı mı?" Nasrettin cevap verdi: "Hayır, hâlâ her gelene anlatıyor."

Eğer bir şeyi düşünüyorsan, hakkında konuşuyorsan, o şey hâlâ vardır. Ve şimdi daha tehlikelidir çünkü beden iyileşir ama zihin sonsuza kadar durmadan devam edebilir. Beden iyileşebilir ama zihin asla iyileşmez.

Eğer vücudundaki açlığı bastırırsan zihnine vurur. Problem dışarı atılmamıştır, içeri itilmiştir. Herhangi bir şeyi bastırırsan köklere iner. O zaman zihin der ki; "Eğer başaramıyorsan yanlış bir şey var, yeterince çabalamıyorsun, daha çok çabala."

Bunun için de bir yöntem bulmuş; onlardan kaçıp kurtulacakmış.

> ☾☾
> *Niye kendini bırakamıyorsun? Çünkü çok şey bastırıyorsun. Eğer gevşersen, hepsinin açığa çıkacağından korkuyorsun*

Zihnin iki seçeneği vardır: Kaçmak ya da savaşmak. Ne zaman bir sorun çıksa zihin ya kaçmanı ya da savaşmanı söyler. Ve ikisi de yanlıştır. Eğer savaşırsan sorunla baş başa kalırsın. Eğer savaşırsan sorun daima orada kalacaktır. Savaşırsan bölünürsün; çünkü sorun dışarıda değil, içerde.

Mesela; eğer öfke varsa ve sen savaşırsan ne olur? Varlığının yarısı öfkelidir ve yarısı da savaş halindedir. Kim kazanabilir? Sadece boşuna enerji harcarsın. Kimse kazanamaz. Şimdi öfkeni bastırdığına inandırabilirsin kendini ama öfkenin üstünde oturmaktasındır. Ve sürekli orda oturmaya devam etmen gerekir; tek bir an bile tatile çıkamazsın. Bir an bile dalıp gitsen bütün zaferin kaybolur.

O yüzden, bir şeyleri bastıran insanlar sürekli o bastırdıkları şeyin üstünde otururlar. Sürekli korkarak. Dinlenemezler. Dinlenmek niye bu kadar zor oldu? Niye uyuyamıyorsun? Niye kendini bırakamıyorsun? Çünkü çok şey bastırıyorsun. Eğer gevşersen hepsinin açığa çıkacağından korkuyorsun. Dindar geçinen insanlar hiç dinlenemez, gergindirler; gerginliğin sebebi de budur. O bastırıyor ve sen gevşe diyorsun. Biliyor ki gevşerse düşman ortaya çıkacak. Zihin der ki, ya savaş –savaşmak da bastırmaktır– ya da kaç. Ama nereye kaçacaksın? Himalayalara da gitsen, öfken seninle gelir; o senin gölgen. Seks seninle gelir, o senin gölgen. Nereye gidersen git gölgen seninle gelir.

Bunun için de bir yöntem bulmuş; onlardan kaçıp kurtulacakmış. Ayağa kalkıp tabana kuvvet koşmaya başlamış. Ama ayağını her yere vuruşunda, yerde bir adım daha oluyormuş ve gölgesi de hiç zorlanmadan onu takip etmekteymiş.

Şaşırmıştı. Çok hızlı koşuyordu ama gölge için bir zorluk yoktu. Gölge kolaylıkla takip ediyordu; terlemiyordu bile, nefesi bile hızlı değildi. Gölge açısından bir zorluk yoktu; çünkü gölgenin maddeselliği yoktur, bir gölgenin kişiliği yoktur. Adam belki de terliyordu, nefes almakta zorluk çekmiş olabilir, ancak gölge hep bir adım gerisindeydi. Gölge seni bu şekilde terk edemez. Ne savaşmak ne de sıvışmak işe yaramaz. Nereye gideceksin? Nereye gidersen git kendini de götüreceksin ve gölgen de orada olacak.

Adam da yeterince hızlı koşmadığı için başaramadığına karar vermiş ve daha hızlı koşmaya başlamış, hiç durmadan koşmuş, koşmuş, en sonunda ölüp yere yığılmış.

Zihnin mantığını anlamak gerekir. Eğer anlamazsan onun kurbanı olursun. Zihnin kısır bir mantığı vardır; kısır bir döngüdür bu, daireseldir. Onu dinlersen, her adımın seni bu daireye daha çok sokar. Bu adam tamamen mantıklı. Hiçbir kusur bulamazsın mantığında. Aksayan bir şey yok, Aristo kadar mantıklı bir adam. Diyor ki; eğer gölge onu izliyorsa, demek ki yeterince hızlı koşamıyor. Daha hızlı, daha hızlı koşmalı; o zaman gölgenin de onu izlemeyi başaramayacağı bir nokta gelecektir. Ama bu gölge senin gölgen; başka birisi değil seni izleyen. Eğer olsaydı, mantık da doğru olurdu.

> *Zihnin mantığını anlamak gerekir. Eğer anlamazsan onun kurbanı olursun.*

Eğer bu adamı başkası izleseydi o zaman tamamen haklı olurdu. Yeterince hızlı koşmuyordu, o yüzden de diğeri ona yetişiyordu. Ama adam yanılıyordu ve başka biri yoktu. Zihin hiçbir işe yaramıyordu.

Başkaları için zihin, kendin için meditasyon. Başkaları için zihin, kendin için zihinsizlik; Chuang Tzu'nun, Zen'in,

Sufi'lerin, Hasid'lerin, bütün bilenlerin; Buda'nın, İsa'nın, Muhammed'in bütün vurguladıkları buydu. Başkası için zihni, kendin için zihinsizliği kullanmayı vurgulamışlardı.

Bu adamın başı dertte çünkü zihni kendisi için kullandı. Ve zihnin kendine göre bir kalıbı var: "Daha hızlı, daha hızlı! Yeterince hızlanırsan bu gölge seni izleyemez!"

Adam da yeterince hızlı koşmadığı için başaramadığına karar vermiş.

Başarısızlık zaten koşmakta olduğu için var. Ama zihin bunu söyleyemez, zihne daha önce bu verilmemiş. O bir bilgisayar; onu doldurman gerekir, onun mekanizması budur. Sana yeni bir şey veremez; daha önce neyle doldurduysan sana onu verebilir. Sana yeni bir şey veremez; sadece ödünç aldıklarını verebilir. Ve eğer onu dinlemeye bağımlı olduysan, kendine döndüğün her durumda başın derde girer. Kaynağa doğru yöneldiğin zaman, bu dönüşüm olduğunda zorluk çekersin. O zaman zihin yararsızdır; sadece yararsız değil, engeldir de; zararlıdır. O yüzden bırak onu.

Nasrettin Hoca'nın oğlu bir gün okuldan eve gelmiş. Elinde seksoloji konusunda bir kitap varmış. Annesi bundan fena halde rahatsız olmuş ama Nasrettin Hoca'nın eve gelmesini beklemiş. Bir şey yapılması gerekiyormuş, bu okul da fazla ileri gitmiş! Nasrettin Hoca gelince karısı kitabı ona göstermiş.

Nasrettin oğlunu bulmak için üst kata çıkmış. Onu odasında hizmetçi kızı öperken bulmuş. Nasrettin bunun üzerine demiş ki, "Oğlum, ev ödevini bitirdiğin zaman aşağıya gel."

Bu mantıklı! Mantığın kendi adımları vardır ve her adımı bir diğeri izler, bunun sonu yoktur. Gölgesinden korkan adam zihnini izledi, o yüzden de daha hızlı, daha hızlı koştu, hiç durmadı ve sonunda düşüp öldü. Durmadan, daha hızlı, daha hızlı... o zaman bunun sonu ancak ölüm olur.

Hayatın henüz sana gelmediğini hiç fark ettin mi? Fark ettin mi öylesi bir hayatın tek bir anının bile henüz sana gelmediğini? Chuang Tzu'nun ya da Buda'nın bahsettiği mutluluğu tek bir an bile yaşamadın. Ne olacak sana peki? Sana ölümden başka hiçbir şey olmayacak. Ve ölüme ne kadar yaklaşırsan, o kadar hızlı koşuyorsun çünkü daha hızlı koşarsan ondan kaçacağını düşünüyorsun.

Bu hızla nereye gidiyorsun? İnsan ve insan zihni her zaman hıza düşkün oldu; sanki bir yere gidiyormuşuz da hıza ihtiyaç varmış gibi. O yüzden giderek hızlanıyoruz. Nereye gidiyorsun? Hızlı da gitsen, yavaş da gitsen sonunda ölüme varacaksın. Ve herkes doğru anda varır, tek bir an bile kaybetmeden. Herkes tam vaktinde varır, kimse geç kalmaz. Bazı insanların ölüme vaktinden önce vardıklarını duydum, ama geç kalanını duymadım. Bazıları doktorlar yüzünden vaktinden önce varıyor...

Adam da yeterince hızlı koşmadığı için başaramadığına karar vermiş ve daha hızlı koşmaya başlamış, hiç durmadan koşmuş, koşmuş, en sonunda ölüp yere yığılmış. Bir gölgelikte dursa gölgesinin kaybolacağı; öylece orada otursa adımlarının da olmayacağı hiç aklına gelmemiş.

Çok kolaydı, en kolayı! Güneşin olmadığı bir gölgeliğe geçersen, gölge kaybolur çünkü gölgeyi güneş yaratır. Güneş ışınlarının yokluğudur o. Bir ağacın gölgeliğinde olsan gölgen de olmaz.

Bir gölgelikte dursa gölgesinin kaybolacağı, öylece orada otursa adımlarının da olmayacağı hiç aklına gelmemiş.

O gölgeliğe sessizlik denir, içsel huzur denir. Sakın zihni

> *Zihin kaçmayı ya da savaşmayı daha kolay bulur çünkü o zaman yapacak bir şey vardır. Eğer zihne "Hiçbir şey yapma" dersen, bu en zor şeydir.*

dinleme. Gölgeliğe geç, güneş ışınlarının giremeyeceği içsel huzura.

Kenarda duruyorsun, bütün sorun bu. Dış dünyanın ışığındasın, o yüzden gölge oluşuyor. Gözlerini kapadığın anda güneş orda olmaz. O yüzden bütün meditasyonlar kapalı gözle yapılır; kendi gölgeliğine giriyorsun. İçerde güneş de yok, gölge de. Dışarıda toplum var, her türden gölge var. Öfkenin, cinselliğinin, hırsının toplumun birer parçası olduğunu hiç fark ettin mi? Eğer içeri girer ve toplumu dışarıda bırakırsan öfke nerede kalır? Seks? Ama unutma; başlangıçta, gözlerini kapadığın zaman, onlar gerçekten kapanmaz. Dışarıdan görüntüler taşırsın içeriye ve aynı toplumun yansımasını bulursun. Ama içeri girmeye, girmeye, girmeye devam edersen eninde sonunda toplum dışarıda kalır. Sen içerdesindir, toplum dışarıda; çeperden merkeze geçtin.

Bu merkezde sessizlik var: Öfke de yok, öfkesizlik de; seks de yok, yalnızlık da; hırs da yok, hırssızlık da; çünkü hepsi dışarıda. Unutma, zıt kutuplar da dışarıda; eğer içerdeysen, o da değilsin, bu da. Sadece bir varlıksın, saf olarak. Tanrı gibi olmak derken bundan bahsediyorum; içinde zıt kutupların dolaşmadığı, savaşmadığı ya da kaçmadığı saf bir varlık. Sadece, varlık. Gölgeliğe geçtin.

Bir gölgelikte dursa gölgesinin kaybolacağı, öylece orada otursa adımlarının da olmayacağı hiç aklına gelmemiş.

Eğer oturup hareketsiz dursaydı başka adımı da olmazdı.

O kadar kolaydı. Ama kolay olan zihin için zordur çünkü zihin kaçmayı ya da savaşmayı daha kolay bulur. Çünkü o zaman yapacak bir şey vardır. Eğer zihne "Hiçbir şey yapma" dersen bu en zor şeydir. Zihin sorar: "En azından bana bir mantra ver ki gözler kapalıyken *om, om...ram, ram* diyebileyim. Yapacak bir şey ver; hiçbir şey yapmadan nasıl durabiliriz, bir şeyin peşinde koşmadan, kovalamadan?"

Zihin harekettir ve varlık kesin hareketsizliktir. Zihin koşar, varlık oturur. Çeper hareket eder, merkez hareket etmez. Bir çemberi izle; çember döner ama bütün çemberin etrafında döndüğü merkez durmaktadır; kesinlikle durmakta, hareketsiz. Senin varlığın sonsuzluk içinde durağandır ve etrafın sürekli hareket halindedir. Sufi dervişlerinin dönüşünde, dönme meditasyonunda, semahta bu durum hatırlanmalıdır. Bunu yaptığın zaman vücudunun çeper olmasına izin ver. Beden hareket ediyor ve sen sonsuzluk içinde hareketsizsin. Bir çember ol. Beden çember oldu, çeper oldu ve sen merkezsin. Biraz zaman geçince fark edeceksin ki beden giderek hızlanıyor ama sen içerde hiç hareket etmediğini hissedebiliyorsun. Ve beden ne kadar hızlı dönerse o kadar iyi çünkü kontrast oluşuyor. Aniden beden ve sen ayrısınız.

Ama sen sürekli bedenle birlikte hareket ediyorsun, o yüzden de ayrılık yok. Git ve otur. Sadece hiçbir şey yapmadan oturmak yeterli. Sadece gözlerini kapa ve otur ve otur ve otur ve her şeyin hareketsizleşmesine izin ver. Biraz zaman alacak çünkü hayatlar boyun-

> *Zihin harekettir ve varlık kesin hareketsizliktir. Zihin koşar, varlık oturur. Çeper hareket eder, merkez hareket etmez.*

ca hep hareketli oldun. Her türden rahatsızlığı yaratmaya çalıştın. Zaman alacak; ama sadece zaman. Hiçbir şey yapmana gerek yok; sadece bak ve otur, bak ve otur... Zen insanları buna Zazen der. Zazen, sadece oturmak demektir, hiçbir şey yapmadan.

Chuang Tzu bunu söylüyor:

Bir gölgelikte dursa gölgesinin kaybolacağı, öylece orada otursa adımlarının da olmayacağı hiç aklına gelmemiş.

Savaşmaya gerek yoktu, kaçmaya gerek yoktu. Gereken tek şey gölgeliğe geçmek ve hareketsiz oturmaktı.

Ve bütün yaşam boyunca yapılacak şey de budur. Hiçbir şeyle savaşma, hiçbir şeyden de kaçma. İzin ver, her şey kendi yolunda gitsin. Sen sadece gözlerini kapa ve hiçbir güneş ışınının giremediği merkeze geç. Gölge yok; aslında tanrıların gölgesiz olması mitinin anlamı da bu. Bir yerlerde gölgesi olmayan tanrılar yok, ama senin içindeki Tanrı gölgesiz çünkü dışarısı oraya giremez. Giremez, orası her zaman gölgeliktir.

Chuang Tzu o gölgeye Tao der, en içindeki özün; tamamen, mutlak biçimde en içindeki.

O zaman ne yapmalı? Birincisi zihni dinleme. O dışarısı için genel bir araçtır ama içerisi için kesin bir engeldir. Mantık başka insanlar için iyidir, kendin için değil. Şeylerle uğraşırken mantık ve şüpheye ihtiyacın var. Bilim şüpheye dayanır, dindarlık güvene. Sadece otur, içindeki doğanın işi devralacağına derin bir şekilde güvenerek. Her zaman işi devralır. Sadece beklemen yeterli, sadece sabra ihtiyaç var. Zihnin ne derse desin onu dinleme.

Dış dünya için zihni dinle, içerisi için dinleme. Basitçe kenara koy. Onunla savaşmaya gerek yok çünkü savaşırsan seni etkileyebilir. Sadece kenara koy. İnanç budur. İnanç zihinle savaşmak değildir; eğer savaşırsan düşmanından etkilenirsin. Ve unutma, dostlar bile düşmanlar kadar etkili değildir. Biriyle sürekli savaşırsan ondan etkilenirsin çünkü savaşmak için onunla aynı teknikleri kullanırsın. Düşmanlar eninde sonunda birbirlerine benzerler. Düşmana karşı ilgisiz ve mesafeli olmak çok zordur, düşman seni etkiler.

Zihinle savaşanlardan büyük felsefeciler çıkar. Zihinsizlikten bahsedebilirler ama söyledikleri her şey zihinden gelmektedir. "Zihne karşı ol" diyebilirler ama söyledikleri her şey zihinden gelmektedir, düşmanlıkları bile. Düşmanınla birlikte kalman gerekir ve düşmanlar yavaş yavaş anlaşıp benzeşir.

Daima hatırla: Zihinle savaşma. Yoksa onun şartlarına boyun eğersin. Zihni ikna etmek istiyorsan tartışmak zorundasındır ve bütün mesele budur. Zihni ikna etmek istiyorsan kelimeler kullanmak zorunda kalırsın ve bütün sorun budur. Sadece kenara koy. Bu kenara koyma hareketi zihne karşı değildir, zihnin ötesindedir. Basitçe kenara koymaktır. Tıpkı dışarıdayken ayakkabılarını kullanman ve içeri girince bir kenara kaldırman gibi; hiçbir savaş yok. Ayakkabılarına "Şimdi içeri giriyorum, o yüzden sana ihtiyacım yok ve seni kenara kaldırıyorum" demezsin. Sadece kenara koyarsın onlara ihtiyaç yoktur.

İşte aynen böyle –kolay olan doğrudur– savaş yoktur. Kolay olan doğrudur; çaba ve çelişki yoktur. Sadece zihni kenara koy, içindeki gölgeliğe gir ve otur. O zaman hiçbir adım duyulmaz, hiçbir gölge seni izlemez. Tanrı gibi olursun. Ve ancak zaten olduğun şey olman mümkündür. O yüzden, söylüyorum, Tanrı gibisin, Tanrısın. Daha azına razı olma.

SAHTE DEĞERLER

Çok temel bir şeyin hatırlanması gerekiyor: İnsan sahte değerler yaratma konusunda çok kurnazdır. Gerçek değerler senin tüm varlığını talep eder. Sahte değerler çok ucuzcudur. Gerçek gibi görünürler ama onlar senin tüm varlığını talep etmez; sadece yüzeysel bir formalite yeter onlara.

Mesela; sevginin, güvenin yerine sahte bir değer yarattık; sadakat. Sadık insan sevgiyle sadece yüzeysel olarak ilgilidir. Sürekli sevgi davranışlarında bulunur ama bunlar bir anlam ifade etmez. Kalbi davranışlarının dışında kalır.

Bir köle sadıktır ama sence köle olmuş biri, insanlığı aşağılanmış biri, bütün gururu ve büyüklüğü elinden alınmış biri, kendine o kadar zarar vermiş olan insanı sevebilir mi? Ondan nefret etmektedir, fırsatı olsa onu öldürecektir! Ama yüzeyde sadık kalır: mecburen. Mutlulukla değil, korkuyla. Sevgisinden değil, sahibine sadık olmalısın diye koşullanmış zihin yüzünden. Köpeğin sahibine olan sadakatidir bu.

Sevginin daha tam bir yanıta ihtiyacı vardır. Görevden değil, kendi kalp atışlarından kaynaklanır o, kendi mutluluk deneyiminden, onu paylaşma arzundan. Sadakat çirkin bir şeydir. Ama binlerce yıldır çok saygı duyulan bir değerdir çünkü toplum insanları çeşitli yollarla köleleştirdi. Kadın kocasına sadık olmalıdır; öyle ki Hindistan'da bugüne kadar milyonlarca kadın kocasının ölmesiyle birlikte ölmüştür, cenaze ateşine atlayıp diri diri yanarak. Bu öylesine saygı duyulan bir şeydi ki, bunu yapmayan kadın hayatı boyunca lanetlenirdi. Neredeyse toplum dışı kalırdı, kendi ailesinden hizmetçi muamelesi görürdü. Kocasıyla ölemediği için, sadık olmadığına karar verilirdi.

Aslında bir de tam tersini düşün: Tek bir adam bile karısının cenaze ateşine atlamadı! Ve hiç kimse "Yani hiçbir koca karısına sadık değil miydi?" sorusunu sormadı. Ama toplum çifte standartlıdır. Bir standart sahip için, efendi içindir; diğeri de köle için.

Sevgi tehlikeli bir deneyimdir çünkü senden daha büyük olan bir şey tarafından ele geçirilirsin. Sevgi kontrol edilemez, ısmarlamayla ortaya çıkmaz. Bir kere yok olduğunda da geri getirmenin yolu yoktur. Ancak rol yapabilirsin, ikiyüzlülük yapabilirsin.

Sadakat tümüyle başka bir şeydir. Senin zihnin tarafından üretilir, seni aşan bir şey değildir. Belli bir kültürün eğitimidir, herhangi bir eğitim gibidir. Rol yapmaya başlarsın ve yavaş yavaş kendi rolüne inanırsın. Sadakat der ki; daima, hayatta ve ölümde, kendini birine adamalısın, kalbin bunu istese de istemese de. Psikolojik bir köleleştirme yöntemidir.

Sevgi özgürlük getirir. Sadakat kölelik getirir. Görünüşte benzerler; derinde ise tam zıttırlar, tamamen zıt. Sadakat rol yapmaktır; onun için eğitildin. Sevgi çılgındır; bütün güzelliği çılgınlığındadır. Nefis kokulu bir meltem gibi gelir, kalbini doldurur ve birden çölün olduğu yerde çiçeklerle dolu bir bahçe belirir. Ama nerden geldiğini bilmezsin ve onu getirmenin mümkün olmadığını da bilmezsin. Kendiliğinden gelir ve varoluş istediği sürece kalır. Ve tıpkı günün birinde bir yabancı gibi, konuk gibi nasıl geldiyse, başka bir gün de aniden gider. Ona yapışmanın, onu tutmanın yolu yoktur.

Toplum böylesi öngörülmez, güvenilmez deneyimlere yaslanamaz. O garantiler, güvenceler ister; o yüzden sevgiyi hayattan tümüyle çekmiş ve yerine evliliği koymuştur. Evlilik sadakati tanır, kocaya sadakati çünkü bu resmi bir şeydir ve

> *Sevgi özgürlük getirir.*
> *Sadakat kölelik getirir.*
> *Görünüşte benzerler;*
> *derinde ise tam zıttırlar*

elindedir... ama sevgiyle karşılaştırınca hiçbir şeydir; sevgi okyanusunun yanında bir çiğ damlası bile değildir.

Ama toplum onunla çok mutludur çünkü ona güvenilir. Koca sana güvenebilir; yarın da bugün olduğun kadar sadık olacağına. Sevgiye güvenilemez; en garip olan şey, sevginin en büyük güven olmasına rağmen ona güvenilemez olmasıdır. Sevgi şu an için mutlaktır ama sonraki an açık kalır. Senin içinde de büyüyebilir; senden dışarı da buharlaşabilir. Koca hayatı boyunca kölesi olacak bir kadın ister. Sevgiye güvenemez; sevgiye benzer görünen ama insan zihni tarafından imal edilmiş bir şey yaratmalıdır.

Sadece sevgi ilişkisinde değil, başka yaşam alanlarında da sadakate büyük saygı duyulmuştur. Ama o, zekâyı yok eder. Askerin milletine sadık olması gerekir. Hiroşima ve Nagazaki'yi bombalayan adam; onu sorumlu tutamazsın çünkü sadece görevini yapmıştır. Emir almıştır ve üstlerine sadık kalmıştır; orduların eğitimi budur. Yıllarca seni öyle eğitirler ki, başkaldırma yeteneğin nerdeyse hiç kalmaz. Senden istenenin tümüyle yanlış olduğunu görsen bile, eğitimin öyle derine inmiştir ki, "Evet efendim, yapacağım" dersin.

Hiroşima ve Nagazaki'yi bombalayan adamın bir makine olduğunu düşünemiyorum. Onun da bir kalbi vardı, senin gibi. Karısı, çocukları vardı, yaşlı annesi ve babası da. Sen ne kadar insansan, o da o kadar insandı, tek farkla: Emirleri sorgulamadan yerine getirmek için eğitilmişti ve emir verilince, basitçe yerine getirdi.

Onun zihni hakkında tekrar tekrar düşündüm. Bu bom-

> 🜪
>
> *En garip olan şey, sevginin en büyük güven olmasına rağmen ona güvenilemez olmasıdır. Sevgi şu an için mutlaktır, ama sonraki an açık kalır. Senin içinde de büyüyebilir; senden dışarı da buharlaşabilir*

banın iki yüz bin kişiyi öldüreceğini düşünmemiş olması mümkün mü? "Hayır! İki yüz bin insanı öldürme emrini yerine getirmektense komutan tarafından öldürülmek daha iyidir" diyemez miydi? Belki bu fikir hiç aklına gelmedi.

Ordu sadakat yaratmak üzere çalışır. Küçük şeylerle başlar. İnsan merak eder askerlerin senelerce neden resmi geçit yapıp aptalca emirler uyguladığını —sola dön, sağa dön, geri dön, ileri marş— saatlerce, hiçbir amaç olmadan. Ama gizli bir amaç var. Zekâsı yok ediliyor. Robot haline getiriliyor. "Sola dön" emri verilince zihin nedenini sormasın diye. Birisi sana "sola dön" dese "Bu saçmalık ne? Niye sola döneyim? Ben sağa gidiyorum" dersin. Ama askerin şüphe duymaması, sormaması gerekir; sadece yerine getirmesi gerekir. Sadakat için temel koşullanma budur.

Askerlerin insan gibi değil makine gibi davranacak kadar sadık olmaları, krallar ve komutanlar için iyidir. Çocuğun sadık olması anne-babası için rahatlıktır çünkü asi bir çocuk problem yaratır. Anne-baba haksız, çocuk haklı olabilir ama onlara sadık kalmak zorundadır. Bugüne kadar insan böyle eğitildi.

Ben sana sadakati olmayan ama onun yerine zekâsı, merakı, hayır deme yeteneği olan yeni insanı öğretiyorum. Bana göre hayır deme yeteneğin yoksa, evetinin de bir anlamı yoktur. Eveti sadece plaktan tekrarlıyorsun; başka bir şey yapamazsın, evet demek zorundasın çünkü içinden hayır yükselmiyor.

Eğer insanları daha fazla zekâ sahibi olmaları için eğitseydik hayat ve uygarlık tümüyle farklı olurdu. Savaşlar olmazdı çünkü insanlar "Neden? Niye masum insanları öldürelim?" diye sorardı. Ama onlar bir ülkeye sadık, sen başka bir ülkeye sadıksın ve iki ülkenin politikacıları savaşıyor ve insanları ölüme gönderiyor. Politikacılar savaşmayı bu kadar seviyorsa güreşsinler, insanlar da onları futbol maçı seyreder gibi seyretsin.

Ama krallar ve politikacılar, devlet başkanları ve başbakanlar savaşa gitmez. Basit insanlar, öldürmekle hiç işi olmayanlar, öldürmek ve ölmek için savaşa gider. Sadakatleri için ödüllendirilirler; insanlık dışı, aptal, mekanik oldukları için Victoria nişanı ya da başka türden bir ödül verilir onlara.

> *Çocuğun sadık olması anne-babası için rahatlıktır çünkü asi bir çocuk problem yaratır. Anne-baba haksız, çocuk haklı olabilir ama onlara sadık kalmak zorundadır.*

Sadakat bütün bu hastalıkların birleşiminden başka bir şey değildir: inanç, görev, saygınlık. Hepsi ego için besindir. Hepsi ruhsal gelişime aykırıdır ama ortak yatırımlara hizmet eder. Din adamları inanç sistemi hakkında soru sormanı istemezler çünkü verecek cevapları yoktur. Bütün inanç sistemleri öyle sahtedir ki sorgulandıkları anda yıkılırlar. Sorgulanmadıklarında milyonlarca insanı hizada tutan dinler yaratırlar.

Şimdi, papanın sözünü dinleyen milyonlarca insan var ve biri bile "Bakire bir kız nasıl çocuk doğurabiliyor?" diye sormuyor. Bu kutsallığa aykırı olur! Milyonlarca kişinin içinden biri bile "İsa'nın Tanrı'nın tek oğlu olduğuna dair kanıt var mı? Bunu herkes iddia edebilir. İsa'nın insanları sefaletten kurtardığına dair kanıt var mı? Kendini bile kurtaramamış" demiyor. Böyle sorular utandırıcı olur, o yüzden sorulmazlar. Tanrı'nın kendisi bile bir hipotezdir, dindar insanlar onu binlerce yıldır kanıtlamaya çalışmaktadır... her türden kanıt, ama hepsi havada, maddeleri yok, varoluştan destek almazlar. Ama kimse soruyu sormaz.

Hayatlarının ilk gününden itibaren insanlar içine doğdukları inanç sistemine sadık olmak için eğitiliyor. Din adamları için, politikacılar için seni sömürmek kazançlı; kocalar için karılarını sömürmek kazançlı, anne-babalar için çocuklarını sömürmek kazançlı, öğretmenler için öğrencilerini sömürmek kazançlı. Ortak yatırımlar için sadakat bir gereklilik. Ama insanlığın tümünü geri zekâlılığa sürüklüyor. Sorgulamaya izin vermiyor. Şüpheye izin vermiyor. İnsanların zeki olmalarına izin vermiyor. Ve bir şeyin yanlış olduğunu hissettiği zaman şüphelenme, sorgulama, hayır deme yeteneği olmayan bir insan, insanlığın aşağısına düşmüştür; insan altı bir hayvan haline gelmiştir.

Sevgi talep edildiği zaman sadakate dönüşür. Sevgi istenmeden verildiği zaman armağandır. O zaman bilincini yükseltir. Senden güven isteniyorsa köleleştiriliyorsun demektir. Ama güven senin içinde büyüyorsa, kalbinin içinde insan ötesi bir şey büyüyor demektir. Fark çok küçük ama çok önemli: İstendiği ya da emredildiği zaman sevgi ve güven sahte olur. Kendiliğinden yükseldikleri zaman muhteşem bir içsel değeri vardır. Seni köleleştirmezler, kendinin efendisi haline getirirler; çünkü o senin sevgin, senin güvenindir.

Kendi kalbini izliyorsun. Başkasını değil. İzlemek zorunda bırakılmıyorsun. Sevgin özgürlüğünden doğuyor. Güvenin büyüklüğünden doğuyor ve ikisi de seni daha zengin bir insan haline getirecek.

Benim yeni insanlık görüşüm bu. İnsanlar sevecek ama sevginin emredilmesine izin vermeyecek. Güvenecekler ama kendilerine göre; kutsal yazılara göre, sosyal yapılara göre, din adamlarına göre, politikacılara göre değil.

Hayatını kendi kalbine göre yaşamak, onun atışını izlemek, tıpkı sonsuz bir özgürlükle güneşin altında uçan kartal gibi, bilinmeyene doğru, sınır tanımadan... bu emredilemez. Onun kendi mutluluğu bu. Bu, insanın kendi ruhsallığının eseri.

> ☙
>
> *Hayır deme kapasiten olmadığı sürece evetinin bir anlamı yok.*

DÖNÜŞÜM İÇİN ARAÇLAR

İnsanın aynı kaldığı farkına varılması en zor gerçeklerden biridir;
ne yaparsak yapalım, aynı kalırız. "Gelişme" yoktur. Bütün ego yıkılır;
çünkü ego gelişme sayesinde, gelişme fikri sayesinde, bir gün bir yerlere
ulaşma fikri sayesinde yaşar. Belki bugün değil yarın, ya da öbür gün.
Dünyada gelişme olmadığı, hayatın sadece kutlama olduğu, içinde de işe
benzer hiçbir şey bulunmadığı gerçeğini bir kere anladığın zaman,
bütün ego oyunu sona erer ve birden bu ana dönersin.

KENDİNİ KABUL ET

Kendini kabul ettiğin anda açılırsın, incinebilir olursun, alabilir duruma gelirsin. Kendini kabul ettiğin anda, geleceğe ihtiyacın kalmaz çünkü herhangi bir şeyi geliştirmeye ihtiyaç yoktur. O zaman her şey iyidir, her şey olduğu gibi iyidir. İşte o deneyimin içinde hayat yeni bir renk alır, yeni bir müzik yükselir.

Eğer kendini kabul edersen bu her şeyi kabul etmenin başlangıcı olur. Kendini reddediyorsan, aslında evreni reddediyorsun demektir; kendini reddediyorsan varoluşu reddediyorsun demektir. Kendini kabul ediyorsan, o zaman varoluşu da kabul ettin; o zaman tadını çıkarmaktan, kutlamaktan başka yapacak bir şey yok. Şikâyet yok artık, içerleme yok; şükran duyuyorsun. O zaman yaşam iyi, ölüm de iyi; neşe iyi, keder de iyi; sevgilinle olmak iyi, yalnız olmak da iyi. O zaman ne olursa olsun iyi, çünkü hepsi bütünün içinden çıkıyor.

> *Endişe, olduğun şeyle olman gereken şey arasındaki gergin durumdur. Hayatta bir gereklilik olduğu sürece, insan endişeli kalmaya mahkumdur*

Ama yüzyıllardır kendini kabul etmemeye koşullandın. Dünyanın bütün kültürleri insan zihnini zehirledi, çünkü hepsi tek bir şeye dayanıyordu: Kendini geliştir. Hepsi senin içinde bir endişe yaratır. Endişe, olduğun şeyle olman gereken şey arasındaki gergin durumdur. Hayatta bir gereklilik olduğu sürece insan endişeli kalmaya mahkumdur. Gerçekleştirilmesi gereken bir ideal varsa nasıl rahat olabilirsin? Nasıl evinde hissedebilirsin kendini? Hiçbir şeyi tam olarak yaşamak mümkün değil çünkü zihin sürekli geleceğin peşinde. Ve o gelecek hiç gelmiyor, gelemez. Arzunun doğası gereği bu mümkün değil. Geldiği zaman yeni şeyler hayal etmeye başlayacaksın, başka şeyler arzulamaya başlayacaksın. Her zaman daha iyi bir durum hayal edebilirsin. Her zaman endişeli, gergin kalabilirsin; insanlar yüzyıllardır böyle yaşadı.

Sadece çok ender olarak, çok nadiren bir insan bu tuzaktan kurtuldu. O insana bir Buda, bir İsa denir. Uyanmış insan, toplumun tuzağından kayıp çıkabilmiş, bunun bir saçmalık olduğunu görebilmiş olan insandır. Kendini geliştiremezsin. Ve gelişmenin olmadığını söylüyor değilim, unutma ama sen kendini geliştiremezsin. Kendini geliştirmeyi bıraktığın zaman hayat seni geliştirir. O rahatlıkta, o kabullenmede, hayat seni okşamaya başlar, hayat senin içinden akmaya başlar. Ve içerlemediğin, şikâyet etmediğin zaman, büyürsün, çiçeklenirsin.

O yüzden, şunu söylemek istiyorum: Kendini olduğun gibi kabul et. Ve bu dünyadaki en zor şeydir çünkü eğitimine, kültürüne ters düşüyor. En başından beri nasıl olman gerektiği söylendi sana. Kimse sana olduğun gibi iyi olduğunu söylemedi; hepsi zihnine programlar yerleştirdi. Ailen, din adamları, politikacılar, öğretmenler tarafından programlandın; tek şey için programlandın: Kendini geliştirmeye devam et. Nerde olursan ol, başka bir şey için koş. Hiç dinlenme. Ölene kadar çalış.

> *Kendini geliştirmeyi bıraktığın zaman, hayat seni geliştirir. O rahatlıkta, o kabullenmede, hayat seni okşamaya başlar, hayat senin içinden akmaya başlar*

Benim öğrettiğim şey basit: Hayatı erteleme. Yarını bekleme, asla gelmez. Bugün yaşa!

İsa havarilerine demiş ki, "Tarladaki çiçeklere bakın. Çalışmıyor, didinmiyor, çırpınmıyorlar ama Süleyman'ın kendisi bile bu zavallı çiçekler kadar güzel değildi." Zavallı çiçeğin güzelliği neresinde? Mutlak kabullenişte. Onun varlığında gelişme programı yok. O, şimdi, burada; rüzgârda dans ediyor, güneşleniyor, bulutlarla konuşuyor, öğleden sonranın sıcağında bir uyku çekiyor, kelebeklerle oynaşıyor... tadını çıkarıyor, varoluyor, seviyor, seviliyor.

Ve sen açık olduğun zaman bütün varoluş senin içine akmaya başlar. O zaman ağaçlar sana şimdi göründüklerinden daha yeşildir. O zaman güneş sana şimdi göründüğünden daha güneşlidir. Her şey başka türlüdür, renklidir. Aksi halde her şey sıkıcı ve durgun ve gridir.

Kendini kabul et; dua budur. Kendini kabul et; şükran budur. Varlığının içinde rahatla; Tanrı böyle olmanı istedi. Başka hiçbir şekilde olmanı istemedi. Öyle olsa seni başka biri yapardı. O seni yaptı, başkasını değil. Kendini geliştirmeye çalışmak aslında Tanrı'yı geliştirmeye çalışmaktır; bu da çok aptalca, bunu yapmaya çalışırsan giderek daha çok delirirsin. Hiçbir yere varmazsın, büyük bir fırsatı da kaçırmış olursun.

> *Hayat asla cimri değildir, varoluş her zaman cömertçe verir ama biz onu alamıyoruz, çünkü onu almaya değer olduğumuzu hissetmiyoruz*

İzin ver, senin rengin kabullenmek olsun. İzin ver, senin karakterin kabullenmek, tam kabullenmek olsun. O zaman şaşıracaksın: Hayat her an üzerine armağanlarını yağdırmaya hazır. Hayat asla cimri değildir, varoluş her zaman cömertçe verir ama biz onu alamıyoruz çünkü onu almaya değer olduğumuzu hissetmiyoruz.

O yüzden insanlar sefalete sarılıyor; programlarına uygun davranıyorlar. İnsanlar bin bir türlü gizli şekilde kendilerini cezalandırmaya devam ediyor. Neden? Çünkü bu programa uygun. Eğer olman gerektiği gibi değilsen programa uymak zorundasın, kendine sefalet yaratmak zorundasın. O yüzden insanlar sefil olduklarında kendilerini iyi hissediyor.

Şunu söylememe izin ver: İnsanlar sefil olduklarında kendilerini mutlu hisseder; mutlu olduklarında ise kendilerini çok, çok rahatsız hissederler. Ben binlerce, binlerce insanda bunu gözledim: Sefil olduklarında, her şey olması gerektiği gibidir. Onu kabul ederler; koşullanmalarına uygun bu, zihinlerine uygun. Ne kadar korkunç olduklarını bilmektedirler, günahkâr olduklarını.

Sana günah içinde doğduğun söylendi. Ne aptallık! Ne

saçmalık! İnsan günah içinde doğmaz, insan masumiyet içinde doğar. Hiçbir zaman ilk günah olmadı, sadece ilk masumiyet oldu. Her çocuk masum doğar. Biz ona kendini suçlu hissettiririz, deriz ki, "Bu böyle olmamalı. Böyle olmamalısın." Ve çocuk doğal ve masumdur. Onu doğal ve masum olduğu için cezalandırırız, yapay ve kurnaz olunca da ödüllendiririz. İkiyüzlü olunca ödüllendiririz; bütün ödüllerimiz ikiyüzlü insanlar içindir. Bir insan masumsa onu ödüllendirmeyiz. Ona ödülümüz yoktur, saygımız yoktur. Masumlar aşağılanır, masumlar nerdeyse kanun kaçaklarıyla eş tutulur. Masumlara aptal muamelesi yapılır, kurnazlara zeki muamelesi. İkiyüzlüler kabul edilir; ikiyüzlü adam, ikiyüzlü topluma uyar.

O zaman da bütün hayatın kendini daha çok, daha çok cezalandırma gayretinden başka bir şey olmaz. Ve ne yaparsan yap yanlıştır. O yüzden her neşe için kendini cezalandırman gerekir. Neşe geldiği zaman bile –kendine rağmen, hatırlatırım, kendine rağmen neşe sana geldiği zaman bile, Tanrı sana hafifçe bir çarptığı ve sen bundan kaçamadığın zaman bile– derhal kendini cezalandırmaya başlarsın. Bir şey yanlış gitmiştir; senin gibi korkunç bir insana bu nasıl olabilir?

Geçenlerde bir adam bana sordu, "Osho, sevgiden bahsediyorsun, sevgi vermekten bahsediyorsun. Ama benim birine verecek neyim var ki? Sevgilime verecek neyim var?"

Bu herkesin gizli fikri. "Hiçbir şeyim yok." Neyin yok ki? Ama kimse sana bütün çiçeklerin bütün güzelliklerine sahip olduğunu söylemedi. Çünkü insan bu dünyadaki en harika çiçektir, en yüce varlıktır. Hiçbir kuş senin söylediğin şarkıyı söyleyemez; kuşların şarkısı sadece gürültüdür, masumiyetten geldikleri için yine de güzel olmalarına rağmen. Onlardan çok daha güzel şarkılar söyleyebilirsin, çok daha anlamlı.

> *Hiçbir zaman ilk günah olmadı, sadece ilk masumiyet oldu. Her çocuk masum doğar.*

Ama soruyorsun "Neyim var ki?" Ağaçlar yeşil, güzel; yıldızlar güzel ve ırmaklar güzel; ama bir insanın yüzünden daha güzel bir şeyi hiç gördün mü? İnsan gözlerinden daha güzel bir şeye hiç rastladın mı? Bütün dünyada insan gözlerinden daha narin bir şey yok; hiçbir gül, hiçbir lotus çiçeği karşılaştırılamaz onlarla. Ve ne derinlik! Ama sen bilmek istiyorsun: "Sevgimle verecek neyim var?" Kendini lanetleyerek yaşamış olmalısın, kendini aşağılamış olmalısın; suçluluk duygularının yükü altında ezilmiş olmalısın.

Aslında biri seni sevdiği zaman, şaşırıyorsun. "Ne, ben mi? Biri beni mi seviyor?" Zihninden şu fikir yükseliyor: "Beni tanımadığı için, o yüzden. Eğer beni tanırsa, eğer beni olduğum gibi görürse, beni asla sevmez." O yüzden sevgililer kendilerini birbirlerinden saklamaya başlıyor. Çok şey gizli tutuluyor, sırlar açılmıyor çünkü kalplerini açtıkları anda sevginin kaybolmaya mahkum olduğundan korkuyorlar. Kendilerini sevemediklerine göre, başkasının kendilerini sevebileceğini nasıl kabul etsinler?

Sevgi kendini sevmekle başlar. Bencil olma ama kendinle dolu ol; bu ikisi farklıdır. Narsist olma, kendine saplanıp kalma. Ama doğal bir şekilde kendini sevmen şart, bu temel bir olgu. Ancak o zaman başkasını sevmen mümkün olur.

Kabul et kendini, kendini sev, sen Tanrı'nın eserisin. Tanrı'nın imzası var üstünde, özelsin, teksin. Hiç kimse hiçbir zaman senin gibi olmadı ve hiç kimse hiçbir zaman senin gibi olmayacak; tek kelimeyle eşsizsin, benzersizsin. Bunu ka-

> **Bencil olma ama kendinle dolu ol; bu ikisi farklıdır. Narsist olma, kendine saplanıp kalma. Ama doğal bir şekilde kendini sevmen şart, bu temel bir olgu.**

bul et, bunu sev ve işte bu kutlamanın içinde başkalarının eşsizliğini de görmeye başlayacaksın, başkalarının benzersiz güzelliğini. Sevgi ancak kendini, diğerini, dünyayı derin bir şekilde kabul ettiğin zaman mümkündür. Kabullenmek sevginin içinde büyüdüğü alanı, sevginin içinde açtığı toprağı yaratır.

KENDİNE İNCİNEBİLİR OLMA İZNİ VER

Lao Tzu diyor ki:

Bir insan, doğduğunda yumuşak ve güçsüzdür; öldüğünde, sert ve bükülmez. Bitkiler canlıyken yumuşak ve esnektir; öldüklerinde sert ve kuru. Bu yüzden sertlik ve bükülmezlik, ölümün yoldaşlarıdır, yumuşaklık ve narinlik hayatın yoldaşları.

Bu yüzden; bir ordu sertleşince savaşı kaybeder. Bir ağaç sertleşince kesilir. Büyük ve güçlüler aşağıya aittir. Narin ve güçsüzler yukarıya.

Hayat bir nehirdir, bir akıştır, başlangıcı ve sonu olmayan bir süreklikliktir. Bir yere gitmez, her zaman oradadır. Bir yerden başka bir yere gitmiyor, daima buradan buraya geliyor. Hayat için tek zaman şimdi ve tek yer burası. Varma çabası yok varılacak bir şey yok. Ele geçirme çabası yok. Koruma çabası yok, çünkü kendisinden sakınılacak bir şey yok. Sadece hayat var; tek başına, tamamen tek başına; tek başınalığında güzel, tek başınalığında ihtişamlı.

Hayatı iki türlü yaşayabilirsin: Onunla akabilirsin; o zaman sen de ihtişamlısın; bir zarafetin var, şiddetsizliğin zarafeti; kavgan yok, mücadelen yok. O zaman güzelsin; çocuksu, çiçeksi, yumuşak, narin, çürümemiş. Eğer hayatla akıyorsan dindarsın. Lao Tzu için ya da benim için dindarlığın anlamı bu.

Sıradan anlamıyla din hayatla ya da Tanrı'yla bir mücadeledir. Sıradan anlamıyla dinde, Tanrı hedeftir, hayat da reddedilmesi ve savaşılması gereken bir şeydir. Hayatın feda edilmesi, Tanrı'nın da elde edilmesi gerekir. Bu sıradan anlamıyla din, din değildir. Sıradan anlamıyla bu din, sadece sıradan, şiddet dolu, saldırgan zihnin parçasıdır.

Hayatın ötesinde Tanrı yoktur; hayat Tanrı'dır. Hayatı reddedersen, Tanrı'yı reddedersin; hayatı feda edersen, Tanrı'yı feda edersin. Bütün fedakârlıklarda sadece Tanrı feda edilir. George Gurdjieff'in söylediği gibi –paradoksal gibi görünüyor ama gerçek– bütün dinler Tanrı'ya karşıdır. Eğer hayat Tanrı'ysa, o zaman inkâr etmek, reddetmek, feda etmek, Tanrı'ya karşı gelmektir. Ama görünüşe göre Gurdjieff, Lao Tzu'yu tanımıyordu. Ya da Lao Tzu'yu tanısaydı bile aynı şeyi söylerdi, çünkü Lao Tzu alışılmış anlamda dindar değildi. O bir din adamı, teolog, vaiz, felsefeci olmaktan çok; bir şair, bir müzisyen, bir sanatçı, bir yaratıcıydı. O kadar sıradandı ki, dindar olduğunu bile düşünmezdin. Ama aslında dindar olmak o kadar olağandışı bir şekilde sıradan olmaktır ki; parça bütüne karşı değildir, parça bütünle birlikte akar. Dindar olmak akıştan ayrı ol-

> 🔯
>
> *Bir hedefin varsa,*
> *dindar değilsindir.*
> *Yarını düşünüyorsan,*
> *dini kaçırdın demektir.*
> *Dinde yarın yoktur.*

mamaktır.

Dindar olmamak; kendi zihnini kazanma, elde etme, bir yere varma mücadelesine adamaktır. Bir hedefin varsa dindar değilsindir. Yarını düşünüyorsan dini kaçırdın demektir. Dinde yarın yoktur. O yüzden İsa der ki, "Yarını düşünme. Tarladaki çiçeklere bak, onlar şimdi açıyor." Var olan her şey şimdi var. Canlı olan her şey şimdi canlı. Şimdi tek zaman, tek sonsuzluk.

İki olasılık var. Birincisinde, hayatla mücadele edebilirsin, hayata karşı özel hedeflerin olabilir. Ve bütün hedefler özeldir, bütün hedefler kişiseldir. Hayata kendi kalıbını, sana ait bir şeyi dayatmaya çalışıyorsun. Hayatı seni izlemesi için sürüklemeye çalışıyorsun ve sen sadece küçük bir parçasın, minik, küçücük ve bütün evreni kendinle sürüklemeye çalışıyorsun. Elbette yenilgin kaçınılmaz. Zarafetini kaybetmen, sertleşmen kaçınılmaz.

Mücadele sertlik yaratır. Savaşı şöyle bir düşün, o bile gizli bir sertlik getirir sana. Direnmeyi düşün, çevrende bir kabuk oluşur, seni bir koza gibi sarar. Belirli bir hedefin olması fikrinin kendisi seni bir ada yapar; artık dev hayat kıtasının parçası değilsin. Ve hayattan ayrı düştüğün zaman topraktan ayrı düşen bir ağaç gibisin. Geçmişte aldığı besinle biraz daha yaşayabilir ama aslında ölmektedir. Ağacın köklere ihtiyacı var, toprakta olmaya ihtiyacı var, onunla birleşmeye, onun parçası olmaya.

Hayat kıtasıyla birleşmeye ihtiyacın var, parçası olmaya, içine kök salmaya. Hayatın içine kök saldığın zaman yumuşaksındır çünkü korkmazsın. Korku sertlik yaratır. Korku güvenlik fikrini yaratır, kendini koruma fikrini yaratır. Ve hiçbir şey korku kadar öldürücü değildir; çünkü sadece korku fikriyle bile topraktan ayrılırsın, köklerin ayrılır.

O zaman geçmişte yaşarsın; o yüzden geçmişi bu kadar çok düşünüyorsun. Bu bir tesadüf değil. Zihin sürekli ya geçmişi ya da geleceği düşünür. Geçmişi niye bu kadar çok düşünüyorsun? Giden gitti! Geri getirilemez. Geçmiş öldü! Niye geçmişi düşünüyorsun; artık olmayan ve değiştiremeyeceğin şeyi? Onu yaşayamazsın, içinde olamazsın ama o şu anı öldürebilir. Ama bunun derine kök salmış bir sebebi olmalı. Derindeki sebep şu ki, bütünle savaş halindesin. Bütünle savaşırken, yaşam nehriyle savaşırken, köklerin havada. Küçük, kapsül gibi bir parça oldun, kendi üzerine kapandın. Ayrıldın, genişleyen devasa evrenin bir parçası değilsin artık. Hayır, artık onun parçası değilsin. Geçmişten kalan besininle cimrilik içinde yaşamak zorundasın, o yüzden zihnin geçmişi düşünmeye devam ediyor.

Ve bir şekilde savaşa hazır olmak için kendini toparlamak zorundasın; o yüzden sürekli geleceği düşünüyorsun. Gelecek sana umut veriyor, geçmiş sana besin veriyor ve ikisinin ortasında sonsuzluk var; hayatın ta kendisi ve onu kaçırıyorsun. Geçmişle geleceğin ortasında ölüyorsun, yaşamıyorsun.

Var olmanın bir yolu daha var; aslında tek yolu bu çünkü savaşma yolu, var olma yolu değil. Diğer yol nehirle birlikte akmak, onunla öylesine birlikte akmak ki, artık ayrı olduğunu ve onunla aktığını hissetmemek. Hayır, onun parçası olmak; sadece parçası olmak da değil, içine gömülmek; artık nehir

> ʘʘ
> *Hayat kıtasıyla birleşmeye ihtiyacın var, parçası olmaya, içine kök salmaya. Hayatın içine kök saldığın zaman, yumuşaksındır çünkü korkmazsın.*

oldun ayrılık yok. Savaşmadığın zaman hayat olursun. Savaş-
madığın zaman büyüdün, sonsuzluk oldun. Doğuda bu du-
rum; teslimyet, güven olarak bilinir; *shraddha* dediğimiz şey,
hayata güvenmek. Kendi bireysel zihnine değil, bütüne gü-
venmek. Parçaya değil bütüne güvenmek. Zihne değil varo-
luşa güvenmek. Teslim olduğun zaman bir anda yumuşarsın;
çünkü sert olmaya ihtiyaç kalmaz. Savaşmıyorsun, düşmanlık
yok. Korumaya gerek yok, güvenli olma arzusu yok, zaten ha-
yatla birsin.

Ve hayat zaten güvenli! Sadece bireysel egolar güvensiz;
onların korunmaya ihtiyacı var, güvenliğe ihtiyacı var, zırh
giymeye ihtiyacı var. Korku içindeler, sürekli titreme halin-
de; bu durumda nasıl yaşanır? Çaresizlik ve endişeyle yaşanır;
yaşanamaz. Bütün neşe kaybolur; burada olmanın saf neşesi
ve gerçekten saf neşe bu. Sebebi yok; sadece öyle çünkü sen
varsın. İçinden yükseliyor bu çünkü sen varsın. Sen bir kere
açıldın mı, hayatla akmaya başladın mı, içinden hiç sebepsiz
sürekli neşe yükselir! Hissetmeye başlarsın ki, var olmak,
mutlu olmaktır.

Bu yüzden Hindular buna en yüce *satchitananda* derler;
gerçek, bilinçlilik, mutluluk. Başka bir var olma biçimi yok.
Eğer kendini kötü hissediyorsan, bu sadece varlığınla teması-
nı yitirdiğinin göstergesidir. Kötü hissetmenin anlamı, top-
raktaki köklerinin bir şekilde kopmuş olmasıdır; nehirden
ayrılmış olmandır; donmuş bir kalıp oldun, bir buz küpü, ne-
hirde akıyorsun ama onunla birlikte değilsin. Savaşıyorsun,
hatta ters yönde akmaya çalışıyorsun; ego her zaman ters yö-
ne akmaya çalışır çünkü ne zaman bir zorluk çıksa, ego ken-
dini iyi hisseder. Ego her zaman mücadele arar. Savaşacak bi-
rini bulamayınca, kendini çok kötü hissedersin. Savaşmak

için birine ihtiyaç vardır. Savaştayken iyi hissedersin, varsındır. Ama bu hastalıklı, nevrotik bir var olma biçimidir. Nehirle savaşmak nevrozdur. Savaşırsan sertleşirsin. Savaşırsan kendini ölü bir duvarla çevrelersin. Elbette, kendi varlığın ölüdür. Yumuşaklığı, akışkanlığı, zarafeti, narinliği kaybedersin. O zaman sadece sürüklenirsin, canlı değilsin.

Lao Tzu teslim olma taraftarı. Diyor ki, "Hayata teslim ol. Hayatın seni götürmesine izin ver, hayatı götürmeye çalışma. Hayatı kontrol etmeye, yönlendirmeye çalışma; bırak hayat seni yönlendirsin, kontrol etsin. Bırak hayat seni ele geçirsin. Sadece teslim ol, 'Ben yokum' de. Hayata tam güç ver ve onunla ol."

Bu kolay değil, çünkü ego der ki "O zaman ben neyim? Teslim olunca ben artık yokum." Ama ego olmadığında, aslında ilk defa olarak, sen varsın. İlk defa olarak sen sınırlı değilsin, sınırsızsın. İlk defa olarak sen beden değilsin, bedensizsin, sonsuzluksun, o da sürekli genişliyor; başlangıcı ve sonu olmaksızın.

Ama ego bunu bilmez. Ego korkar. "Ne yapıyorsun, kendini kaybediyorsun" der, "Kaybolacaksın, bir hiç olacaksın." Egoyu dinlersen, ego seni tekrar tekrar nevrotik yola geri götürür, "birisi" olma yoluna. Ve ne kadar "birisi" olursan senden o kadar hayat kaybolur. Dünyada başarılı olan insanlara bak, "birisi" olanlara, "Kim Kimdir?" kitabında ismi olanlara. Bak onlara, izle onları. Sahte bir hayatları olduğunu göreceksin. Onlar sadece maske, içlerinde bir şey yok, boş insanlar; doldurulmuş olabilirler ama canlı değiller. Boşlar.

Dünyada başarılı olmuş, "birisi" olmuş insanları izle –başkanları, başbakanları, çok zenginleri– dünyada elde edilebilecek her şeyi elde etmiş insanları. İzle onları, dokun onlara, bak onlara; ölümü hissedeceksin. Atan bir yürek bulamazsın orda. Belki kalp hâlâ atıyordur ama atışı mekaniktir. Atıştaki şiir kaybolmuştur. Sana bakarlar ama gözleri donuktur; canlı olmanın ışıltısı yoktur orda. Elini sıkarlar ama ellerinden bir şey aktığını hissetmezsin, herhangi bir enerji akımı hissetmezsin, seni karşılayan bir sıcaklık bulamazsın. Ölü bir el; orada ağırlık vardır, sevgi yoktur. Çevrelerine bak; cehennemde yaşarlar. Başarmışlar, birileri olmuşlar ve şimdi çevrelerinde sadece cehennem var. Eğer birisi olmaya çalışıyorsan, aynı yolun yolcususun.

Lao Tzu diyor ki, hiç kimse ol, o zaman sonsuz hayat senin içinden akar. "Birisi" olmak hayatın akışına engel yaratır. Hiç kimse olmak; dev bir boşluk, her şeye izin verir. O zaman bulutlar, yıldızlar senin içinden geçebilir. Ve hiçbir şey bozamaz bunu. Ve kaybedecek hiçbir şeyin yoktur çünkü kaybedilebilecek her şeyi zaten sen teslim ettin.

Böyle bir var oluş durumunda insan daima gençtir. Beden elbette yaşlanır ama varlığın en derinindeki öz genç kalır, taze kalır. Asla yaşlanmaz, asla ölmez. Ve Lao Tzu diyor ki, gerçekten dindar olmanın yolu budur. Tao'yla yüz, Tao'yla ak, özel hedefler ve sonuçlar yaratma. Bütün daha iyisini bilir; sen sadece onunlasın. Bütün seni yarattı, bütün senin içinde nefes alıyor, bütün senin içinde yaşıyor. Niye zahmet ediyorsun? Sorumluluğun bütünde olmasına izin ver. Sen sadece onun götürdüğü yere git. Odaklanıp plan yapmaya çalışma ve belli hedefleri isteme; çünkü o zaman hayal kırıklığı olur, sertleşirsin, canlı olma fırsatını kaçırırsın.

Ve esas nokta da bu: Hayata izin verirsen daha çok hayatın olur. Kendine canlı olma izni verirsen daha da çok hayatın olur. İsa der ki, "Bana gel, sana bolluğun, sonsuz hayatın yolunu göstereyim; sel gibi akan, taşan hayatın." Ama biz dilenci gibi yaşıyoruz. İmparatorlar gibi olabilirdik, başka hiç kimse sorumlu değil bundan. Bu sefaletin bütün sebebi, kendin olma konusundaki kurnazlığın, egoya sarılman.

Şimdi *sutralar*:

Bir insan doğduğunda yumuşak ve güçsüzdür.

Yeni doğmuş küçük bir bebeği izle. Etrafında bir kabuk yoktur. İncinebilir, açık, yumuşaktır; saf yaşamdır bu. Çok uzun sürmeyecek, kısa zamanda çevresinde kişilikler büyümeye başlayacak, kafeslenecek; toplum, aile, okul, üniversite tarafından hapsedilecek; kısa zamanda hayat uzak bir olgu haline gelecek. Bir mahkum haline gelecek. İçinde bir yerde yaşam atmaya devam edecek ama kendisi bile onu duymaz olacak.

Ama bir bebek doğduğunda izle onu. Mucize tekrar tekrar oluyor. Hayat sana tekrar tekrar yolu göstermeye devam ediyor, nasıl olunacağını; hayat sana tekrar tekrar hayatın her gün yenilendiğini söylüyor. Yaşlı insanlar ölüyor, yeni küçük bebekler doğuyor. Bunun anlamı ne? Çok açık ki, hayat yaşlılığa inanmıyor. Aslında, hayat ekonomistler tarafından yönetilseydi bu durum ekonomiye aykırı görünürdü, savurganlık gibi görünürdü. Yaşlı bir adam –eğitimli, hayat ve dünya konusunda deneyimli– tam hazır olduğu zaman, tam bilge olduğuna karar verdiği zaman ölüm o adamı alıyor ve o adamı bilgisiz, birikimsiz, tümüyle taze küçük bir bebekle değiştiriyor. Bir *tabula rasa*; her şey baştan yazılmalı. Ekonomistlere sorarsanız onlar bunun aptalca olduğunu söyler! Tanrı önce ekonomistlere danışmalı. Nedir bu yaptığı? Bu savurganlık, tam bir savurganlık! Seksen yaşında eğitimli bir adam ölüyor ve eğitilmemiş bir bebek onun yerine geliyor.

Bunun tam tersi olmalı; ancak o zaman ekonomik olur. Ama hayat ekonomiye inanmaz. Ve inanmaması da çok iyi, yoksa dünya dev bir mezarlık haline gelirdi. O hayata inanır, ekonomiye değil. Eski insanları yenileriyle, ölüleri gençlerle, sert insanları yumuşak insanlarla değiştirmeye devam eder. İşaret edilen şey açık: Hayat yumuşaklığı sever; çünkü hayat yumuşak bir varlığın içinden kolayca akar.

Bir insan doğduğunda yumuşak ve güçsüzdür.

Lao Tzu şu konuda da ısrarcı: Hayat güçlü olmaya inanmaz. Güçsüzlüğün kendi güzelliği var çünkü narin ve yumuşak. Bir fırtına kopar; büyük, güçlü ağaçlar devrilir. Küçük bitkiler sadece eğilir; sonra fırtına geçer, yine gülüp çiçek açmaya devam ederler. Aslında fırtına onları tazelemiş, tozlarını almıştır, o kadar. Şimdi daha canlılar, daha genç, daha taze ve fırtına onları güzelce yıkamıştır. Ama yaşlı ağaçlar, çok güçlü olanlar devrildi, çünkü onlar direndi. Eğilemezlerdi; çok egoisttiler.

Lao Tzu diyor ki, "Hayat güçsüzleri sever." İsa da "Güçsüzler kutsanmıştır çünkü yeryüzü onların olacak. Fakir olanlar kutsanmıştır. Gözyaşı dökenler kutsanmıştır çünkü onlar teskin edilecek" derken bunu demek istiyor. Hıristiyanlık İsa'nın sözlerini anlamamaya devam ediyor; çünkü onun sözleri, Lao Tzu'nun dilinde. Lao Tzu'yla ilgi kurulmadığı sürece, doğru yorumlanamazlar. İsa'nın bütün öğretisi "Canlı ol, güçsüz ol" dur. O yüzden biri sana tokat vurduğu zaman öbür yanağı-

> *Bir fırtına kopar; büyük, güçlü ağaçlar devrilir. Küçük bitkiler sadece eğilir; sonra fırtına geçer, yine gülüp çiçek açmaya devam ederler.*

nı çevir der. Biri paltonu aldığında gömleğini de ver. Biri seni onunla bir mil yürümeye zorladığında, iki mil yürü. O der ki "Güçsüz ol. Güçsüz olanlar kutsanır."

Güçsüzlükte kutsanmış olan ne var? Aslında genellikle, dünyanın sözde liderleri, öğretmenleri "Güçlü ol" derler durmadan. Ve bu Lao Tzu'yla, bu İsa diyor ki, "Güçsüz ol." Güçsüzlüğün içinde bir şey vardır; sert değildir o. Güçlü olmak için insanın sert olması gerekir. Sert olmak için insanın hayata karşı olması gerekir. Güçlü olmak istiyorsan akıntıyla savaşmalısın; ancak o zaman güçlenirsin. Güçlü olmanın başka yolu yoktur. Güçlü olmak istiyorsan akıntının ters yönüne git. Nehir seni ne kadar zorlarsa, o kadar güçlenirsin. Güçsüz olmak için nehirle birlikte ak; onun gittiği yere git. Eğer nehir "Benimle bir mil git." derse, iki mil git. Nehir paltonu alırsa, gömleğini de ver. Nehir sana bir tokat vurursa, öbür yanağını çevir.

Yüzyıllardır insanlık sadece iki dönem yaşadı: Savaş dönemi ve savaşa hazırlık dönemi. Yaşanan iki dönem bu. Tarihin tamamı, baştan sona nevrotik.

Güçsüzlüğün kendi güzelliği var. Bu, zarafetin güzelliği. Bu, şiddetsizliğin, *ahimsa*'nın güzelliği. Bu, sevginin, bağışlayıcılığın güzelliği. Çelişkisizliğin güzelliği. Ve eğer Lao Tzu anlaşılmazsa, insanlık Lao Tzu'yu hissetmeye başlamazsa, insanlık barış içinde yaşayamaz.

Sana güçlü olman öğretilirse savaşman kaçınılmazdır, savaşlar devam eder. Dünyanın bütün politik liderleri barışı sevdiklerini söyler dururlar ve durmadan savaşa hazırlanırlar. Barışın yanında olduklarını söyler ve silahlanma devam eder. Barıştan bahsedip savaşa hazırlanırlar ve hepsi de diğerinden korktuğu için savaşa hazırlandığını söyler. Diğeri de aynı şeyi söylüyor! Her şey çok aptalca ve saçma görünüyor. Çin, Hindistan'dan korkuyor; Hindistan Çin'den. Niye göremiyorsun? Rusya Amerika'dan, Amerika Rusya'dan korkuyor. İkisi de barıştan bahsediyor ve savaşa hazırlanmaya devam ediyor. Ve elbette, neye hazırlanıyorsan o olur.

Barış hakkında söylenenlerin hepsi çöplük. Barış hakkındaki söylevlerin hepsi soğuk savaş. Aslında politikacıların hazırlık için zamana ihtiyacı var; o arada barış hakkında konuşuyorlar ki hazırlık için yeterince zaman olsun. Yüzyıllardır insanlık sadece iki dönem yaşadı: Savaş dönemi ve savaşa hazırlık dönemi. Yaşanan iki dönem bu. Tarihin tamamı baştan sona nevrotik.

Elbette böyle olacak; çünkü güç yüceltiliyor, ego yüceltiliyor. Eğer sokakta iki yabancı kavga ediyorsa, biri daha güçlü, diğeri güçsüzse; güçsüz yerdeyse, güçlü onun tepesine oturmuşsa kimi takdir edersin? Ele geçireni mi takdir edersin? O zaman sen de şiddet dolusun, o zaman savaşın yanındasın. O zaman savaş yanlısısın; çok tehlikeli ve nevrotiksin. Yoksa güçsüz olanı mı takdir edersin? Ama kimse güçsüzleri takdir etmez; kimse güçsüzlerle bir ilgisi olsun istemez; çünkü derinlerde sen de güçlü olmak istersin.

Güçlüyü takdir ettiğin zaman dersin ki, "Evet, bu benim idealim; ben de onun gibi olmak istiyorum." Eğer güç yüceltilirse, şiddet

Güçsüzlüğün kendi güzelliği var. Bu, zarafetin güzelliği. Bu, şiddetsizliğin, güzelliği. Bu, sevginin, bağışlayıcılığın güzelliği. Çelişkisizliğin güzelliği.

de yüceltilir. Güç yüceltilirse, ölüm de yüceltilir; çünkü güç öldürür. Diğerini de öldürür, seni de. Güç hem katil, hem de intihara sürükleyendir.

Güçsüzlük; kelimenin kendisi bile aşağılayıcı gelir. Ama güçsüzlük nedir? Bir çiçek güçsüzdür. Çiçeğin yanındaki taş çok güçlüdür. Taş gibi mi, çiçek gibi mi olmak istersin? Çiçek güçsüzdür, unutma, çok güçsüz; küçük bir rüzgâr ve çiçek gider. Yaprakları toprağa düşer. Çiçek bir mucizedir, çiçeğin varoluşu mucizedir. O kadar güçsüz, o kadar yumuşak! Mümkün değilmiş gibi görünüyor, nasıl mümkün olabilir? Taşlar sağlam görünüyor; var olabilirler, var olmak için bir aritmetikleri var. Ama bir çiçek? Hiç desteği yok gibi görünüyor; ama yine de çiçek var oluyor; mucize bu.

Çiçek gibi olmak ister misin? Eğer sorarsan, derinlerde egon der ki, "Taş gibi ol." Israr etsen bile –ne de olsa taş çirkin görünür– o zaman ego der ki; "İlle de çiçek olmak istiyorsan, en azından plastik çiçek ol. En azından güçlü ol! Rüzgârlar sana dokunamaz, yağmurlar yok edemez ve sonsuza kadar kalabilirsin." Gerçek bir çiçek sabah gelir, bir an güler, kokusunu saçar ve gider. Gerçek olmayan bir çiçek, plastik bir çiçek sonsuza kadar kalabilir. Ama gerçek değildir ve gerçek olmadığı için güçlüdür. Gerçeklik yumuşak ve güçsüzdür. Ve gerçeklik ne kadar yükseske o kadar yumuşaktır.

Tanrı'yı anlayamıyorsun çünkü zihnin taşların mantığını anlıyor. Çiçeğin mantığını anlamıyorsun. Zihnin matematiği anlayabiliyor. Çiçeği hissedecek estetik duyun yok. Sadece şiirsel bir zihin Tanrı'nın olabilirliğini anlayabilir; çünkü Tanrı, en güçsüz ve en yumuşaktır. O yüzden o en yüksek, en yüce çiçektir. Çiçeklenir ama kısacık bir anda çiçeklenir. O kısacık an, "şimdi" olarak bilinir. Ve o kadar küçük bir andır ki bu dikkatinin çok yoğun olması gerekir. Ancak o zaman onu görebilirsin; yoksa onu kaçırırsın. O sürekli çiçeklenir; her an çiçeklenir ama göremiyorsun çünkü zihnin geçmiş ve gelecekle dolu. Ve şimdi, öylesine dar bir olgu ki, göz açıp kapayıncaya kadar geçer. İşte o dar anda, Tanrı çiçeklenir.

O en yüksek, en yüce. Ama çok güçsüz, çok yumuşak; öyle olmak zorunda. O, zirve; ötesinde hiçbir şeyin var olmadığı son kreşendo. Ancak yumuşaklığın ve güçsüzlüğün mantığını anladığın zaman Tanrı'yı anlayabilirsin. Güçlü olmaya çalışıyorsan —fatihler, savaşçılar, kavgacılar gibi— o zaman taşlarla çevrili bir dünyada yaşarsın, çiçeklerle değil ve o zaman Tanrı çok uzak bir olgudur. Hayatın herhangi bir yerinde Tanrı'yı görmen mümkün olmaz.

Bir insan, doğduğunda yumuşak ve güçsüzdür; öldüğünde sert ve bükülmez.

İşte senin hayatın böyle olmalı: Yumuşak, narin ve güçsüz kal; sert ve bükülmez olmaya çalışma, çünkü böyle yaparsan ölümünü gitgide yakınlaştırırsın. Ölüm bir gün gelecek; önemli olan bu değil. Asıl korku ölüm değil; asıl sorun ölüm değil. Ama ölü gibi bir kişilikle canlı kalıyorsan asıl sorun bu. Ölümün kendisi çok yumuşaktır; hayattan da yumuşak, çok nazik. Hayatın sesini duyabilirsin ama ölümün sesini duyamazsın. Ölüm geldiğinde öyle yumuşaktır ki gelmeden bir saniye önce bile geldiğini anlamazsın. Ve öyle güçsüz, öyle naziktir ki; ölüm sorun değildir. Şu anda

> *Ölüm bir gün gelecek; önemli olan bu değil. Asıl korku, ölüm değil; asıl sorun, ölüm değil. Ama ölü gibi bir kişilikle canlı kalıyorsan, asıl sorun bu.*

yaşadığın ölüm; sorun bu. Sorun, ölümden önceki ölüm; ölü bir hayat yaşamak, sorun bu. Sert, kapalı. Leibniz buna bir isim vermiş. Ona monad diyor. Monad; tamamen kapalı, penceresiz bir hücre demek. Monad; 'monopol', 'manastır', 'monk' ve 'monogami'yle aynı kökten geliyor; tamamen yalnız olmak anlamına geliyor. Monk, yani keşiş, yalnız yaşayan insan demek; manastır da insanların yalnız yaşadıkları yer. Tamamen kapandığın zaman, kapalı bir hücrede, manastırdasın. Kendinle baş başa bir mağarada yaşıyorsun, başkalarına ulaşamıyorsun, başkaları da sana ulaşamıyor. Tamamen kapalısın.

İşte kaskatı ölüm bu. O zaman sefilsin demektir, o zaman sefil olmamanın yollarını bulmaya çalışırsın. Bükülmez, sert kalarak sefalet yaratmaya devam edersin; ama bir yandan da sefil olmamanın yollarını ararsın. Aslında nasıl sefil olduğun olgusunu anlayacak olursan hemen bırakabilirsin bunu. Sadece yumuşak, akıcı ol.

Çocuk gibi ol ve çocukluğun saflığını, yumuşaklığını koru. Onunla temasını kaybetme ve bir gün, elli yıl önce sen olan çocuğun hâlâ senin içinde yaşadığını görerek şaşıracaksın. Onunla temas kurmayı bilirsen, birden tekrar çocuk olursun.

> *Tanrı çok felsefi bir kavram değildir; o, bir çocuğun gözünden görülen haliyle bu dünyadır.*

Çocuk hiç kaybolmaz; çünkü o senin hayatın, hep orda kalır. Çocuk ölünce genç olunmaz, sonra da genç ölünce yaşlanılmaz, hayır. Katmanlar üst üste birikir ama en derindeki öz aynı kalır. Doğumundaki bebek halin, hâlâ senin içinde. Çevresinde çok katman birikti ama o katmanların içine girersen, o çocuk senin içinde birden infilak eder. Bu infilaka ben kendinden geçme derim.

İsa der ki, "Çocuk gibi olmazsan Tanrı'nın krallığına giremezsin." Söylemek istediği bu, benim bahsettiğim de bu. Sert kabuğunun, seni çevreleyen duvarların, o bir sürü katmanın içine girersen, birden içini o çocuk kaplar. Dünyaya tekrar bir çocuğun masum gözleriyle bakarsın. O zaman Tanrı vardır.

Tanrı çok felsefi bir kavram değildir; o, bir çocuğun gözünden görülen haliyle bu dünyadır. Aynı dünya; bu çiçekler, bu ağaçlar, bu gökyüzü ve sen; aynı dünya ona bir çocuğun gözleriyle bakınca birden ilahi bir nitelik kazanır. Sadece saf, yumuşak, narin bir kalbe ihtiyaç vardır. Tanrı kayıp değil, sen kayıpsın. Tanrı başka bir yerde değil, sen başka bir yerdesin.

Bir insan, doğduğunda yumuşak ve güçsüzdür; öldüğünde sert ve bükülmez. Bitkiler canlıyken yumuşak ve esnektir; öldüklerinde sert ve kuru.

Öğren. Hayat birçok yoldan öğretir. Hayat insana nasıl olması gerektiğinin yolunu gösterir.

Bu yüzden sertlik ve bükülmezlik, ölümün yoldaşlarıdır, yumuşaklık ve narinlik hayatın yoldaşlarıdır.

Daha canlı, çok canlı olmak istiyorsan, hayatın yoldaşlarını ara; yumuşaklığı, narinliği.

İçinde kalabalık yaratan her şey seni sertleştirir. Öylesine yaşa ki, her an geçmiş andan özgürleş. Şu andaki durumun şöyle: Çok odalı büyük bir evin var ve her odada yap-boz bilmeceleri var. Bütün ev yap-boz bilmeceleriyle dolu; masalar, sandalyeler, yataklar, yerler, tavanlar; her yerde yap-boz bilmeceleri ve sen hiçbirini çözememiş durumdasın. Birini çözmeye çalışıyorsun; bunun zor olduğunu hissedip başka birine geçiyorsun. Ama ilki hâlâ kafana takılı. Sadece bu kadar da değil, üstünde çalışmak için bazı parçaları da yanında taşıyorsun. Sonra bir diğerini çözmeye çalışıyorsun ama yapamıyorsun, çünkü kafan bilmece gibi oldu. Sonra başka bir odaya geçiyorsun ve bu şekilde dönüp duruyorsun, daireler çizerek. Çözülmemiş bilmecelerle dolusun ve yavaş yavaş sinirlerin laçka oluyor. Hayatın tek bir meselesi bile çözülmedi ve etrafın binlerce bilmeceyle dolu. Bunların bedeli var: Seni öldürüyorlar.

Geçmişinden hiçbir şey taşıma; geçmiş gitti. Her an ondan kurtul, ister çözülmüş, ister çözülmemiş olsun. Artık hiçbir şey yapılamaz onunla. Bırak onu ve yanında parça taşıma, çünkü o parçalar şu anda yaşayan yeni problemleri çözmene izin vermez. Bu anı yaşayabildiğin kadar tam yaşa ve birden anlayacaksın ki eğer tam yaşarsan o çözülmüştür. Çözmeye gerek yok. Hayat çözülecek bir problem değil yaşanacak bir gizem. Eğer onu tam yaşarsan, çözülmüştür. Ve sen onun içinden güzel, zengin, varlığının yeni hazineleri açılmış olarak ve hiçbir şey taşımadan çıkarsın. O zaman o tazelikle, tamlıkla, yoğunlukla yeni bir ana geçersin; böylece o diğer an da yaşanır ve çözülür.

Asla çevrende yaşanmamış anlar biriktirme; yoksa sertleşirsin. Ancak geçmişten hiçbir şey taşımadığın zaman yumuşak kalabilirsin. Çocuklar neden bu kadar yumuşaktır? Onların yolu bilgenin yoludur. Bir çocuk öfkelendiğinde, öfkelenir. O anda, Buda'nın öfke hakkında söyledikleri onun umurunda bile değildir. Mahavira'nın öfkeye dair öğrettikleri umurunda değildir: "Öfkelenme." Çocuk gerçekten öfkelenir! O kadar yoğun bir şekilde öfkelenir ki, o yoğunluğun kendisi bir güzellik olur. Gerçekten öfkelenen bir çocuğa bak, bütün beden –bu kadar küçük bir beden, yumuşak, narin– öfkeyle nabız gibi atar; gözler kırmızı, yüz kırmızı; atlar, bağırır, sanki bütün dünyayı parçalayacakmış gibi. Bir enerji patlaması... Ve bir sonraki an, öfkesi gider, oynamaya başlar. Bir de şimdi bak yüzüne; bu yüzün bir an önce o kadar öfkeli olduğuna inanamazsın. Gülücüklerle dolu! Öyle güzel ve mutlu.

İşte hayat böyle yaşanır. Bir an, içinde ol ama öylesine tam olarak içinde ol ki, başka bir ana hiç fazlalık kalmasın. Çocuk öfke anını yaşar; sonra devam eder. Bu dünyada daha iyi bir eğitim olabilecekken çocuklara öfkelenmemeyi öğretiyoruz. Onlara öfkelenmeyi ama onu taşımamayı; tam olarak öfkelenmeyi öğreteceğiz. Öfkenin kendisi kötü değildir. Ama onu taşımak, biriktirmek tehlikelidir. Öfke parlamaları güzeldir; aslında gereklidir onlar, hayata bir kıvam verirler. Hayatı daha tuzlu yaparlar. Yoksa kendini gevşek hissedersin, bir kıvamın olmaz. İyi bir egzersizdir o. Ve insan tam olarak içine girebilir ve tam olarak, çizik almadan içinden çıkarsa yanlış bir tarafı yoktur.

Tam olarak öfkelenebilen bir insan tam olarak mutlu olabilir, tam olarak sevebilir çünkü bu, öfkeli ya da mutlu ya da sevecen olma meselesi değildir. Bütün deneyimlerden öğrendiğin tek şey tam olmaktır. Öfkelenmene izin verilmezse yarım kalırsın. O anı eksik yaşarsın ve kalan parçalar zihninde takılı kalır. O zaman gülümsersin ama gülüşün saf değildir, kirlidir; çünkü içinde öfke asılıdır. Dudakların gülümser ama zehirlidir onlar; öfke hâlâ or-

İçinde kalabalık yaratan her şey seni sertleştirir. Öylesine yaşa ki, her an geçmiş andan özgürleş.

dadır, geçmiş gitmemiştir, tam olarak şimdi, burada olmak için özgür değilsindir.

Geçmiş sende bir gölge yarattı. Ve bu böyle devam ediyor. Kafan karışıyor. Hayat bir bulantı haline geliyor. Bu durumda hiçbir şey yaşayamazsın, sevemezsin, dua edemezsin, meditasyon yapamazsın.

İnsanlar bana gelip derler ki; "Meditasyon yaptığım zaman, birden aklıma milyonlarca düşünce geliyor. O düşünceler başka zaman gelmiyor ama meditasyon yaparken geliyor." Bu niye oluyor? Onlar senin tamamlanmamış deneyimlerin. Meditasyon yaparken meşgul değilsin ve onlar da üstüne atlıyor: "Şimdi meşgul değilsin, en azından bizi çöz, tamamla bizi, sonumuzu getir. Hiçbir şey yapmıyorsun; meditasyon bir şey yapmak değil, sadece burada oturmak. Bir şey yap! Bu öfke burada, sona erdir onu. Bu sevgi burada, tamamla onu. Bu arzu burada, bir şey yap!"

Meşgul olduğun zaman o kadar meşgulsün ki; bu şeyler hep çevrende ama asla dikkatinin odağı değiller. O yüzden meditasyon yaparken dikkatini çekmeye çalışıyorlar; "Biz tam değiliz!" Onlar geçmişinin hayaletleri.

Her anı tam yaşa. Ve farkındalıkla yaşa ki geçmiş sana takılı kalmasın. Ve bu zor değil; biraz farkındalığa ihtiyaç var, başka bir şey gerekmiyor. Uykuda yaşama, robot gibi; biraz daha bilinçli ol, o zaman görebilirsin. O zaman bir çocuk gibi yumuşak, yeni filizlenen bir bitki gibi esnek olabilirsin. Ve bu nitelik ölüm anına kadar devam edebilir; esnek kalırsın. Eğer esnek, genç, taze kalırsan; ölüm yine olur ama sana olmaz. Sen hayatı içinde taşıdığın için ölüm olamaz. Ancak zaten ölü olan insanlar ölebilir. Canlı kalmış olan insanlar... onlar ölümün oluşunu izlerler; beden ölür, zihin ölür, ama

> *Bu anı yaşayabildiğin*
> *kadar tam yaşa ve*
> *birden anlayacaksın ki*
> *eğer tam yaşarsan,*
> *o çözülmüştür.*
> *Çözmeye gerek yok.*
> *Hayat çözülecek bir*
> *problem değil,*
> *yaşanacak bir gizem.*

kendileri değil. Onlar ölümün dışında kalırlar, aşmış olarak.

Bu yüzden, bir ordu sertleşince, savaşı kaybeder.

Lao Tzu saçmalamış gibi görünüyor. Diyor ki, bir ordu sert olduğun zaman savaşı kaybeder ve sen de sanıyorsun ki, sert olduğun zaman kazanırsın.

Ağaç sertleşince, kesilir. Büyük ve güçlüler aşağıya aittir. Narin ve güçsüzler yukarıya.

Kökler serttir, onlar aşağıya aittir. Çiçekler yumuşaktır, onlar yukarıya aittir. Ve toplum için doğru yapı budur: Güçlü insanlar kökte, yumuşak olanlar yukarda. Şairler, ressamlar yukarda olmalı. Azizler, bilgeler en yukarda olmalı. Askerler, politikacılar, iş adamları aşağıda olmalı; yukarda olmamalı. Tüm dünya alt üst vaziyette çünkü sert insanlar yukarda olmaya çalışıyor.

Sanki kökte politikacılar varmış gibi görünüyor ama onlar ağacın tepesi olmaya çalışıyor. Çiçekleri köklere inmeye, yeraltına inmek için zorlamaya çalışıyorlar. Bir zamanlar dünyada daha çok denge vardı. Örneğin Hindistan'da, Brahminler en yükseğe aitti. Onları en yükseğe yerleştirmiştik. Brahminler bilgelerdir, Brahma'yı tanımış olanlardır. Bu bir kast değildir, doğuştan gelen hiçbir şeyle ilgisi yoktur; içte yeniden doğmakla ilgilidir. En yüceyi tanımış olanlar Brahmanlardır. Onlar en yükseğe aitti, onlar çiçeklerdi. Krallar, çok güçlü imparatorlar bile gelip önlerinde eğilmek zorundaydı. Doğru yol buydu; bir kral, ne kadar güçlü ve büyük olursa olsun yine de kraldır. Bu dünyanın adamı hâlâ nevrotiktir, hâlâ hırs ve egonun peşindedir, eğilmesi gerekir.

Günlerden bir gün:

Buda bir şehre gelecektir ve şehrin kralı gidip onu almakta biraz tereddütlüdür. Başbakan, çok yaşlı ve bilge bir adam, krala der ki; "Gitmelisin." Kral cevap verir: "Bence buna gerek yok. O bir dilenci. Bırak o gelsin! Gidip onu krallığımın sınırından almama ne gerek var? Ben bir kralım, o bir dilenci."

Yaşlı başbakan derhal istifasını yazar. Der ki; "İstifamı kabul edin; çünkü eğer siz bu kadar düştüyseniz ben artık burada kalamam. Unutmayın ki siz bir kralsınız ve o kralılıkları reddetti. Onun hiçbir şeyi yok. Sizin bir imparatorluğunuz var ve onun hiçbir şeyi yok. O en yükseğe ait. Ve sizin gidip eğilmeniz gerekiyor, yoksa istifamı kabul edersiniz." Kral gitmek zorunda kalır.

> Öfkelenmene izin verilmezse yarım kalırsın. O anı eksik yaşarsın ve kalan parçalar zihninde takılı kalır. O zaman gülümsersin ama gülüşün saf değildir, kirlidir çünkü içinde öfke asılıdır.

Buda'nın önünde eğildiği zaman, Buda ona der ki; "Gerek yoktu. Buraya gelmeye gönülsüz olduğunu duydum. Gerek yoktu; çünkü insan gönülsüz olduğu zaman, gelse bile, gelmez. Ve saygı zorla olmaz. Ya anlıyorsundur ya da anlamıyorsundur. Gerek yoktu. Ben seni görmeye kendim gelecektim. Ve ben bir dilenciyim... sen bir imparatorsun."

O anda kral gözyaşı dökmeye başlar. Meseleyi anlamıştır.

Doğuda, Brahmanlar en yüksekteydi. Toplumu yapılandırmanın doğru yolu budur. Bu zamanda bütün dünyada politikacılar en yükseğe çıktı. O yüzden sefalet ve kaos var; böyle olmak zorunda. Yukarısı çok ağırlaştı. Sadece çiçekler olmalı orda: bilgeler, şairler, mistikler. Politikacılar değil.

Büyük ve güçlüler aşağıya aittir. Narin ve güçsüzler yukarıya.

Lao Tzu diyor ki, eğer yukarıya ait olmak istiyorsan narin ve güçsüz ol. Çok narin ve güçsüz ol, çimenler gibi; büyük ağaçlar gibi güçlü değil.

Lao Tzu işe yaramaz olan her şeye derin bir ilgi duyuyor. Ona göre işe yaramaz olmak korunmaktır. İşe yarar olmak tehlikelidir; çünkü eğer işe yararsan birileri seni kullanır, sömürülürsün. Eğer güçlüysen orduya katılmaya zorlanırsın.

Lao Tzu öğrencileriyle birlikte bir şehirden geçmektedir ve kambur bir adam görür. Öğrencilerine der ki, "Şu kambura gidin, ne hissettiğini sorun; bu şehirde sorunlar yaşandığını duydum. Kral bütün genç ve güçlü adamları orduya katılmaya zorluyormuş."

Kambura gidip sorarlar. Kambur der ki, "Mutluyum! Kamburum yüzünden beni zorlamadılar. Ben işe yaramazın tekiyim. Bu sayede kurtuldum." Öğrenciler geri dönüp bunu anlatır. Lao Tzu der ki, "Bunu hatırlayın. İşe yaramaz olun. Yoksa savaşta yem olursunuz."

Başka bir gün, bir ormanın içinden geçerken dev bir ağaca rastlarlar; bin tane öküz arabasının altında dinlenebileceği kadar büyüktür ağaç. O sırada bütün orman kesilmektedir, binlerce oduncu çalışmaktadır. Lao Tzu der ki, "Ne olduğunu sorun; bu büyük ağacı niye kesmemişler?"

Öğrenciler gidip sorar. Oduncu der ki, "O ağaç hiç işe yaramaz. Dalları düz değil, eşya yapılmaz onlardan; yaktığın zaman da o kadar duman çıkarır ki ısınmak için kullanamazsın. Yaprakları da çok acıdır, hayvanlara yediremezsin. O yüzden işe yaramaz. O yüzden kesmedik."

Lao Tzu gülmeye başlar ve öğrencilerine der ki "Şu ağaç gibi olun, işe yaramaz olun. O zaman kimse sizi kesemez. Şu ağaca bakın bir kere, sırf işe yaramaz olmakla ne kadar büyüdüğünü görün!"

Hayata iki türlü bakılabilir. Ona faydacı gözle bakabilirsin: Bir şey, başka bir şey için kullanılmalıdır; o zaman hayat bir araç olur ve bir sonuca ulaşılmalıdır. Ya da hayatı bir keyif olarak görebilirsin, alet olarak değil ve bu an her şeydir, hedef yoktur, amaç yoktur.

Geçenlerde bir şiir okudum. Bir satırı beni derinden etkiledi. "Bir şiir anlam taşımamalıdır; olmalıdır." Bunu sevdim. Hayat anlam taşımamalıdır; hayat, olmalıdır! Kendiliğinden bir sonuç, hiçbir yere gitmeyen... şimdi, buranın keyfini çıkaran, kutlayan. Sadece o zaman yumuşak olabilirsin. Eğer işe yarar olmaya çalışırsan sertleşirsin. Bir şey ele geçirmeye çalışırsan sertleşirsin. Savaşmaya çalışırsan sertleşirsin. Yumuşak ve narin ol. Ve hayatın akışının seni gittiği yere götürmesine izin ver. Bütünün hedefinin senin de hedefin olmasına izin ver. Özel bir hedef arama. Sadece bir parça ol; o zaman, sonsuz bir güzellik ve zarafet olur.

> *Bütün dünyada politikacılar en yükseğe çıktı. O yüzden sefalet ve kaos var; böyle olmak zorunda. Yukarısı çok ağırlaştı. Sadece çiçekler olmalı orda: bilgeler, şairler, mistikler. Politikacılar değil.*

Hissetmeye çalış bu söylediğimi. Anlama meselesi değil bu; zihinsel kapasite meselesi değil. Hisset bunu, söylediğimi. Özümse bunu, söylediğimi. Seninle orda olmasına izin ver. Varlığının derinine yerleşmesine izin ver: Hayat anlam taşımamalı; hayat, olmalı. O zaman birden yumuşarsın. Bütün sertlik gider, kaybolur, erir. Bebek yeniden keşfedilir; yeniden çocuk oldun, çocukluğun o şeffaf gözleri yine senin. Bakarsın, yeşillikler tamamen farklıdır. Kuşların şarkıları tamamen farklıdır. O zaman bütünün tümüyle başka bir önemi vardır. Anlamı yoktur, önemi vardır. Anlam, fayda ile ilgilidir; önem, mutlulukla.

Mutlu ol ve yumuşayacaksın. Nehirle ak. Nehir ol.

BENCİL OL

İkiyüzlüler dışında hiç kimse bencillikten uzak olamaz.

Bencil kelimesi çok kötülenen bir şeyleri çağrıştırır çünkü bütün dinler onu suçlamıştır. Bencil olmamanı ister onlar. Neden peki? Başkalarına yardım etmek için...

Aklıma geldi:

Bir çocukla annesi konuşmaktaymış ve anne demiş ki, "Daima başkalarına yardım etmeyi hatırla." Çocuk sormuş, "O zaman başkaları ne yapacak?" Doğal olarak anne de demiş ki, "Onlar da başkalarına yardım edecek." Çocuk söylenmiş; "Bu tuhaf bir plana benziyor. Kendine yardım etmek dururken, bu işi başkalarına bırakıp işle-

> *Sefil insanlar diğer sefil insanlara yardım ediyor; körler körlere yol gösteriyor. Nasıl yardım edebilirsin? Bu çok tehlikeli bir fikir.*

ri karıştırmaya ne gerek var?"

Bencillik doğaldır. Evet, bir an gelir bencil olmakla paylaşmış da olursun. Taşan bir neşe hali içinde olduğun zaman paylaşabilirsin. Şu anda, sefil insanlar diğer sefil insanlara yardım ediyor; körler körlere yol gösteriyor. Nasıl yardım edebilirsin? Bu çok tehlikeli bir fikir; yüzyıllardan beri de devam ediyor.

Küçük bir okulda öğretmen çocuklara demiş ki, "En azından haftada bir kere iyi bir şey yapmalısınız." Çocuğun biri sormuş, "Lütfen bize iyi şeylerin ne olduğuna örnek verin. Neyin iyi olduğunu bilmiyoruz." Öğretmen cevap vermiş, "Mesela kör bir kadın caddede karşıdan karşıya geçmek istiyor; geçmesine yardım edin. Bu iyidir, bu erdemlidir."

Sonraki hafta öğretmen sormuş, "Size söylediğim şeyi yapan var mı?" Üç çocuk elini kaldırmış. Öğretmen başını sallamış, "Bu iyi değil; nerdeyse bütün sınıf hiçbir şey yapmamış. Ama gene de hiç olmazsa üçünüz bir şey yapmış." Dönüp bir tanesine sormuş, "Ne yaptın?" O da cevap vermiş; "Tam olarak söylediğinizi: Yaşlı bir kadın kördü, ben de onun karşıya geçmesine yardım ettim."

"Bu çok iyi, Tanrı seni kutsayacak." demiş öğretmen. İkinciye sormuş; "Sen ne yaptın?" O da demiş ki "Aynı şeyi; yaşlı kör bir kadının karşıya geçmesine yardım ettim." Öğretmenin kafası karışmış. Bu kör yaşlı kadınları da nerden buluyorlarmış? Ama büyük bir şehirmiş bu; iki tane bulmaları mümkünmüş. Bu sefer üçüncüye sormuş ve o da demiş ki, "Tam olarak onların yaptığını yaptım: Yaşlı kör bir kadının karşıya geçmesine yardım ettim."

Öğretmen sormuş, "Üç tane kör kadını nerden buldunuz?" Onlar da cevap vermiş; "Anlamıyorsunuz; üç kör kadın yoktu, tek kör kadın vardı. Ve onu karşıya geçirmek de çok zor oldu. Geçmek istemediği için bağırıp çağırıp çırpınıyordu. Ama iyi bir şey yapmaya çok niyetliydik. İnsanlar toplandı, bize bağırmaya başladılar, biz de onlara dedik ki, "Merak etmeyin. Biz onu karşıya geçiriyoruz."

İnsana başkalarına yardım etmesi söyleniyor ama kendi içi boş. Başkalarını sevmesi söyleniyor –komşunu sev, düşmanını sev– ama kendini sevmesi hiç söylenmiyor. Bütün dinler doğrudan ya da dolaylı olarak insana kendinden nefret etmesini söylüyor. Kendinden nefret eden bir insan hiç kimseyi sevemez; ancak rol yapabilir.

Temel olan şu; kendini öylesine tam olarak sev ki, o sevgi senden taşsın ve diğerlerine ulaşsın. Paylaşmaya karşı değilim ama fedakârlığa kesinlikle karşıyım. Paylaşmanın yanındayım ama önce paylaşacak bir şeyin olmalı. O zaman bunu birilerine karşı mecburiyet olarak yapmazsın; tam tersine, asıl senden bir şey alan insan seni borçlu kılar. Ona teşekkür etmen gerekir çünkü senin yardımını reddedebilirdi; o sana karşı cömertlik yaptı.

Benim bütün ısrarım şu: İnsan öyle mutlu, öyle tatmin olmuş, öyle dingin olmalı ki, o mutluluk halinden paylaşmaya başlasın. O kadar çok şeyi var ki; bir yağmur bulutu gibi, yağmaktan başka çaresi yok. Diğerlerinin susuzluğu dinerse, toprağın susuzluğu dinerse, bu ikincil bir şey. Eğer insan keyifle, ışıkla, dinginlikle dolu olursa bunu kendiliğinden paylaşır çünkü paylaşmak büyük bir keyiftir. Birine vermek, almaktan daha keyiflidir.

Ama bütün yapının değişmesi gerekiyor. İnsana fedakâr olması söylenmemeli. Berbat bir durumda; ne yapabilir? Gözleri görmüyor; ne yapabilir? Hayatını elinden kaçırdı; ne ya-

> *Paylaşmaya karşı değilim ama fedakârlığa kesinlikle karşıyım. Paylaşmanın yanındayım ama önce paylaşacak bir şeyin olmalı.*

pabilir? Ancak sahip olduğu şeyi verebilir. O yüzden insanlar, kendileriyle temas eden herkese sefalet, acı, öfke, endişe veriyor. Fedakârlık bu mu? Hayır, ben herkesin tamamen bencil olmasını istiyorum.

Her ağaç bencildir: Köklerine su getirir, dallarına su getirir, yapraklarına, meyvelerine, çiçeklerine. Ve açtığı zaman, herkese kokusunu verir; tanıdıklarına, tanımadıklarına, yakınlarına, yabancılara. Meyvelerle dolduğu zaman paylaşır, o meyveleri verir. Ama o ağaçlara fedakâr olmayı öğretirsen, hepsi ölür, tıpkı insanlığın öldüğü gibi; sadece yürüyen cesetler hepsi. Nereye yürüyorlar? Mezarlığa, en sonunda mezarlarında dinlenebilmek için.

Hayat bir dans olmalı. Ve herkesin hayatı dans olabilir. Müzik olmalı —o zaman paylaşabilirsin— paylaşmak zorunda olursun. Söylememe bile gerek yok çünkü varoluşun en temel kurallarından biri bu: Mutluluğunu ne kadar paylaşırsan o kadar büyür.

Ama ben bencilliği öğretiyorum.

BİR MEDİTASYON TEKNİĞİ

☙☙

Bu yöntem ve pek çok diğer yöntem,

Osho'nun "Sırlar Kitabı"nda

yer almaktadır.

Her insanın bilincini, kendi bilincin olarak hisset.

Böylece, kendinle ilgilenmeyi bir yana bırakarak, her varlık haline gel.

Her insanın bilincini kendi bilincin olarak hisset. Aslında zaten böyle ama böyle hissedilmiyor. Kendi bilincini kendinin olarak hissediyorsun ve başkalarının bilincini ise hiç hissetmiyorsun. En iyi ihtimalle, başkalarının da bilinçli olduğunu çıkarıyorsun. Sen bilinçli olduğuna göre, senin gibi başka varlıkların da bilinçli olduğunu çıkarıyorsun. Bu mantıksal bir çıkarsama; onların bilinçli olduğunu hissetmiyorsun. Tıpkı başın ağrıdığında olduğu gibi; baş ağrını hissedersin, onun bilinci vardır sende. Ama başkasının başı ağrıdığı zaman onun baş ağrısını hissedemezsin. Sadece söylediği şeyin gerçek olduğunu ve sendeki gibi bir şey olduğunu çıkarırsın. Ama onu hissedemezsin.

Hissetmek, ancak diğerlerinin bilinçlerinin bilincine varırsan gelebilir. Yoksa mantıksal bir çıkarsama olur. İnanırsın, güvenirsin ki diğerleri dürüstçe konuşmaktadır ve söyledikleri inanmaya değerdir; çünkü benzer deneyimlere sahipsindir.

Başkası hakkında hiçbir şey bilemeyeceğini, bunun müm-

> ᛒᛒ
>
> *İnsan sahiplenilemez.*
> *Onu sahiplenmeye*
> *çalışırsan, onu*
> *öldürürsün,*
> *bir nesneye dönüşür.*

kün olmadığını söyleyen mantıksal bir ekol de vardır. En fazla bir çıkarsama yapılabilir ama başkası hakkında kesin hiçbir şey bilinemez. Diğerlerinin senin gibi acı çektiğini, senin gibi endişeleri olduğunu nasıl bilebilirsin? Diğerleri ordadır ama içlerine giremeyiz, sadece yüzeylerine dokunabiliriz. İç varlıkları bilinmez kalır. Kendi içimizde kapalı kalırız.

Çevremizdeki dünya hissedilmiş bir dünya değil; mantıksal, rasyonel olarak çıkarsanmış bir dünya. Zihin onun orada olduğunu söyler ama kalbe dokunmamıştır o. O yüzden başkalarına insanlar yerine nesnelermiş gibi davranırız. İnsanlarla ilişkimiz nesnelerle nasılsa öyledir. Bir adam karısına sanki bir nesneymiş gibi davranır: Ona sahip çıkar. Kadın da kocasına tıpkı bir nesneymiş gibi sahip çıkar. Eğer diğerine insan gibi davransaydık onlara sahip çıkmaya çalışmazdık; çünkü sadece nesnelere sahip çıkılabilir.

İnsan özgürlük demektir. İnsan sahiplenilemez. Onu sahiplenmeye çalışırsan, onu öldürürsün, bir nesneye dönüşür. Diğeriyle ilişkimiz, "ben-sen" ilişkisi değil; derinlerde "ben-bu" ilişkisi. Diğeri sadece maniple edilecek, kullanılacak, sömürülecek bir şey. O yüzden sevgi giderek imkânsızlaşıyor; çünkü sevgi, diğerini bir insan olarak, bilinçli bir varlık olarak, bir özgürlük olarak, senin kadar değerli bir şey olarak görmektir.

Her şeye bir nesneymiş gibi davranırsan, o zaman sen merkezsindir ve nesneler de sadece kullanılmak içindir. İlişki faydacı bir şeye dönüşür. Nesnelerin kendi içlerinde değerleri yoktur; değerleri senin onları kullanabilmenden gelir; senin için var olurlar. Evinle böyle ilişki kurabilirsin; ev senin için vardır. O bir gereçtir. Otomobil senin için vardır ama karın senin için var olmaz, kocan senin için var olmaz. İnsan kendisi için vardır; insan olmanın anlamı budur. Eğer onun

> *Öncelikle diğeri bir insan olmalı; diğeri bir 'sen' olmalı, senin kadar değerli olmalı. Ancak o zaman bu teknik uygulanabilir.*

insan olmasına izin verirsen ve bir şey olmaya indirgemezsen yavaş yavaş onu hissetmeye başlarsın. Aksi halde hissedemezsin. İlişkin kavramsal, entelektüel, zihinden zihne, kafa kafaya bir ilişki olarak kalır; ama kalp kalbe olmaz.

Bu teknik der ki: *Her insanın bilincini, kendi bilincin olarak hisset.* Bu zor olacak çünkü önce o insanı bir insan olarak hissetmen gerekir, bilinçli bir varlık olarak. O bile zordur.

İsa der ki, "Komşunu, kendini sevdiğin gibi sev." Bu da aynı şey; ama önce diğerinin senin için bir insan olması gerek. Kendi adına var olmalı, sömürülmemeli, maniple edilmemeli, faydalanılmamalı; bir araç olmamalı, kendi sonucu olmalı. Öncelikle diğeri bir insan olmalı; diğeri bir 'sen' olmalı, senin kadar değerli olmalı. Ancak o zaman bu teknik uygulanabilir. *Her insanın bilincini, kendi bilincin olarak hisset.* Önce diğerinin bilinçli olduğunu hisset, o zaman bu mümkün olabilir; diğerinin de seninle aynı bilince sahip olduğunu hissedebilirsin. Gerçekten, 'diğeri' yok olur, sadece seninle onun arasında bir bilinç akar. Bir bilincin, bir akımın iki kutbuna dönüşürsünüz.

Derin sevgide; iki insanın, iki olmaması gerçekleşir. İkisinin arasında bir şey oluştu ve iki kutba dönüştüler. İkisinin arasında bir şey akıyor. Bu akım orada olduğunda mutlusundur. Eğer sevgi mutluluk verirse sadece bu yüzden mutluluk verir: İki insan, sadece bir an için egolarını kaybederler. 'Diğeri' yok olur ve sadece bir an için birlik var olur. Bu olduğunda kendinden geçersin, coşarsın, cennettesindir. Sadece bir an ve bu dönüştürücü olabilir.

Bu teknik der ki bunu her insanla yapabilirsin. Aşkta bunu tek insanla yapabilirsin ama meditasyonda bunu her insanla yapmalısın. Yanına kim gelirse gelsin sadece onun içinde eri ve iki yaşam değil, akan tek bir yaşam olduğunuzu hisset. Bir kere nasıl yapacağını bilince, bunu bir kere yapınca, çok kolaylaşır. Başlangıçta imkânsız görünür çünkü egolarımıza çok saplanmış durumdayız. Onu kaybetmek, akış olmak zordur. O yüzden başlangıçta fazla korkmadığın bir şeyle başlaman iyi olur.

Bir ağaçtan daha az korkarsın, o yüzden daha kolay olur. Bir ağacın yanında otururken ağacı hisset ve onunla bir olduğunu hisset; içinde bir akış olduğunu, bir iletişim olduğunu, bir diyalog, bir erime olduğunu hisset. Akan bir nehrin yanında otururken akışı hisset, nehirle senin bir olduğunu hisset. Gökyüzünün altında yatarken, gökyüzünün ve senin bir olduğunu hisset. Başlangıçta sadece hayal etmiş olacaksın ama yavaş yavaş hayal gücün kanalıyla gerçeğe dokunduğunu hissedeceksin.

Ve sonra bunu insanlarla dene. Başlangıçta zordur çünkü korku vardır. İnsanları şeylere indirgemiş olduğun için birinin sana bu kadar

> *Çok yakınlık tehlikelidir çünkü diğeri seni bir nesneye dönüştürebilir, sana sahip çıkmaya çalışabilir. Korku budur.*

yakın olmasına izin verirsen onun da seni bir şeye indirgemesinden korkarsın. Korku budur. O yüzden kimse fazla yakınlığa izin vermez: Her zaman bir boşluk bırakılır ve korunur. Çok yakınlık tehlikelidir çünkü diğeri seni bir nesneye dönüştürebilir, sana sahip çıkmaya çalışabilir. Korku budur. Diğerlerini nesnelere dönüştürmeye çalışıyorsun ve diğerleri de seni bir nesneye dönüştürmeye çalışıyor ve kimse bir nesne olmak istemez, kimse bir alet olmak istemez, kimse kullanılmak istemez. Bu en aşağılayıcı olgudur; sadece bir şey için bir alete indirgenmek, kendi içinde değer verilmemek. Ama herkes bunu dener. Bu yüzden de derin bir korku vardır ve bu tekniğe insanlarla başlamak zordur.

O yüzden bir nehirle başla, bir tepeyle, yıldızlarla, gökyüzüyle, ağaçlarla. Bir kere ağaçla bir olduğunda ne olduğunun duygusunu tanıyınca; bir kere nehirle bir olduğunda ne kadar mutlu olduğunu bilince, nasıl hiçbir şey kaybetmeden bütün varoluşu kazandığını anlayınca; o zaman bunu diğer insanlarla deneyebilirsin. Ve eğer bir ağaçla, bir nehirle bu kadar mutlu oluyorsan bir insanla ne kadar mutlu olacağını hayal bile edemezsin; çünkü bir insan daha yüksek bir olgudur, daha gelişmiş bir varlıktır. Bir insanla daha yüksek deneyim zirvelerine ulaşabilirsin. Bir kayayla bile kendinden geçebiliyorsan bir insanla ilahi bir kendinden geçme hissedebilirsin.

Ama çok korkmadığın bir şeyle başla, ya da sevdiğin bir insanla –bir dost, bir sevgili– korkmadığın biriyle, korkusuzca gerçekten yakın olabileceğin biriyle, seni bir şeye dönüştürmesinden korkmadan kendini kaybedebileceğin biriyle. Senin için böyle biri varsa bu tekniği dene. Bilinçli olarak kendini onda kaybet. Kendini bilinçli olarak birinde kaybettiğin zaman o insan da kendini sende kaybeder; sen açık ol-

147

duğunda ve diğerine aktığında diğeri de sana akmaya başlar ve derin bir buluşma, birleşme olur. İki enerji birbirinde erir. Bu durumda ego yoktur, birey yoktur; yalnızca bilinçlilik. Ve eğer bu bir insanla mümkünse bütün evrenle de mümkündür. Azizlerin kendinden geçme, *samadhi* dedikleri şey bir insanla evren arasındaki derin aşktan başka bir şey değildir.

Her insanın bilincini kendi bilincin olarak hisset. Böylece, kendinle ilgilenmeyi bir yana bırakarak her varlık haline gel. Ağaç ol, nehir ol, karın ol, kocan ol, çocuk ol, anne ol, dost ol; bu, hayatın her anında yapılabilir. Ama başlangıçta zordur. O yüzden her gün en azından bir saat yap bunu. O saatte çevrenden ne geçerse geçsin o ol. Bunun nasıl olabildiğini merak edeceksin; nasıl olabildiğini bilmenin başka yolu yok; alıştırma yapman gerek.

Ağaçla otur ve ağaç olduğunu hisset. Ve rüzgâr esip de bütün ağaç sarsılmaya, titremeye başlayınca, o sarsılma ve titremeyi içinde hisset; güneş doğup da bütün ağaç canlandığında o canlılığı içinde hisset; yağmur yağıp da ağacın uzun sürmüş bekleyişi, susuzluğu dindiğinde, ağaç tam olarak doyduğunda, o doymuşluğu ağaçla hisset; işte o zaman bir ağacın gizli ruh hallerinin, nüanslarının farkına varmış olursun.

O ağacı yıllardır görüyorsun ama ruh hallerini bilmiyorsun. Bazen mutlu, bazen de mutsuz. Bazen kederli, endişeli, sıkıntılı; bazen çok mutlu, coşkulu. Ruh halleri var. Ağaç canlı ve hissediyor. Ve eğer onunla bir olursan onu hissedersin. Ağaç genç mi, yaşlı mı; hayatından memnun mu, mutsuz mu; varoluşa âşık mı, değil mi; öfkeli mi, kızgın mı, ters mi; şiddetli mi, şefkatli mi hissedersin. Sen her an nasıl değişiyorsan ağaç da değişiyor; eğer onunla derin bir bağ, bir empati kurabilirsen.

> Dualarımız
> kirlendi çünkü
> varlıklarla nasıl ilişki
> kuracağımızı
> bilmiyoruz. Ve eğer
> varlıklarla ilişki
> kuramıyorsan, Varlık'la
> da iletişim kuramazsın
> —büyük V ile Varlık—
> mümkün değildir bu.

Empatinin anlamı, onunla gerçekten bir olacak kadar derin bir bağ kurabilmektir. Ağacın ruh halleri senin ruh hallerin olur. Ve sonra bu daha, daha, daha derinleştiğinde ağaçla konuşabilir, iletişim kurabilirsin. Bir kere ruh hallerini tanıdığında dilini anlamaya başlarsın ve ağaç zihnini seninle paylaşır. Acılarını ve coşkularını paylaşır.

Bu bütün evrenle de olabilir.

Her gün en azından bir saat bir şeyle empati kurmaya çalış. Başlangıçta kendine aptal gibi görüneceksin. "Nasıl bir aptallık yapıyorum?" diye soracaksın kendine. Etrafına bakacaksın ve eğer biri seni görür ya da ne yaptığını anlarsa delirdiğini düşünecek gibi hissedeceksin. Ama sadece başlangıçta. Bir kere bu empati dünyasına girince; sana bütün dünya delirmiş görünecek. Gereksiz yere ne çok şey kaçırıyorlar. Hayat ne kadar bollukla veriyor ve onlar bunu kaçırıyor. Kaçırıyorlar çünkü kapalılar: Hayatın içlerine girmesine izin vermiyorlar. Ve ancak sen hayata birçok, pek çok yoldan, birçok yöntemle, pek çok boyuttan girersen, hayat senin içine girebilir. Her gün en azından bir saat empatiyle yaşa.

Her dinin başlangıcında duanın anlamı buydu. Duanın anlamı evrenle ilişkili olmak, evrenle derin iletişim halinde olmaktı. Dua ederken Tanrı'yla konuşursun; Tanrı, bütünlük demektir. Bazen Tanrı'ya kızgın olabilirsin, bazen şükran duyarsın ama kesin olan tek şey vardır: İletişim halindesin.

> ඟෆ
>
> *Her dinin başlangıcında*
> *duanın anlamı buydu.*
> *Duanın anlamı evrenle*
> *ilişkili olmak, evrenle*
> *derin iletişim*
> *halinde olmaktı.*

Tanrı zihinsel bir kavram değildir; derin, çok yakın bir ilişki haline gelmiştir. Duanın anlamı budur.

Ama dualarımız kirlendi çünkü varlıklarla nasıl ilişki kuracağımızı bilmiyoruz. Ve eğer varlıklarla ilişki kuramıyorsan, Varlık'la da iletişim kuramazsın —büyük V ile Varlık— mümkün değildir bu. Bir ağaçla iletişim kuramıyorsan, bütün varoluşla nasıl iletişim kuracaksın? Ve eğer ağaçla iletişim kurarken kendini aptal gibi hissediyorsan, Tanrı'yla konuşurken daha da aptal hissedersin.

Dua halinde bir zihin için her gün bir saatini ayır ve duan sözel bir ilişki olmasın. Hissettiğin bir şey olsun. Kafanla konuşmak yerine, hisset onu. Git ve ağaca dokun, ağaca sarıl, ağacı öp; gözlerini kapa ve sanki sevgilinmiş gibi ağaçla birlikte ol. Hisset onu. Ve kısa zamanda kendini kenara koymanın ne anlama geldiğini anlayacaksın, diğeri olmanın ne anlama geldiğini.

Her insanın bilincini, kendi bilincin olarak hisset. Böylece, kendinle ilgilenmeyi bir yana bırakarak, her varlık haline gel.

YAKINLIĞA DOĞRU SORULARA YANITLAR

ᐯᐱ

İnsanlar kendilerini çok bilgili hissettiren sorular sorarlar.

Yanıt almak için değil, sırf bilgilerini göstermek için soru sormak isterler.

Ama ben çılgın bir insanım: Bilginden kaynaklanan soruları

asla cevaplamam. Onları fırlatıp atarım.

Ben sadece senin yaralarını açan soruları yanıtlarım

çünkü yaraların bir kere açıldı mı iyileşme olasılığın olur.

Kendini bir kere açığa çıkardın mı dönüşüm yolundasın demektir.

Ve gerçek yüzünü göstermediğin sürece hayatında değişim yaratmak,

bilincinde dönüşüm yaratmak imkânsızdır.

Çekici insanları niye korkutucu buluyorum?

Çekici insanlar bir çok nedenle korkutucudur. Önce, bir insan senin için ne kadar çekiciyse onun esaretine düşme olasılığın o kadar büyüktür; korku budur. Ele geçirileceksin, çekicilik, cazibe, büyü tarafından esir edileceksin.

Çekici insan hem çeker, hem korkutur. Güzeldir; onunla ilişki kurmak istersin ama onunla ilişki kurmak, özgürlüğünü yitirmek anlamına gelir. Onunla ilişki kurmak artık kendin olmamak anlamına gelir. Ama çekici olduğu için onu bırakmak da elinden gelmez; yapışırsın. Eğilimini tanırsın; bir insan ne kadar çekiciyse ona daha çok yapışmak istersin; giderek daha bağımlı olursun. Korku budur.

Kimse bağımlı olmak istemez. Özgürlük en yüksek değerdir. Aşk bile özgürlükten daha değerli değildir. Özgürlük en yüksek değerdir; aşk sonra gelir. Ve aşkla özgürlük arasında sürekli bir çelişki vardır. Aşk en yüksek değer olmaya çalışır. Öyle değildir. Ve aşk özgürlüğü yok etmeye çalışır; ancak o zaman en yüksek değer olabilir. Ve özgürlüğe âşık olanlar aşktan korkar hale gelir.

Aşk, çekici bir insana çekilmektir. Ve o insan ne kadar güzelse, o kadar çekim hissedersin; o kadar da korkarsın çünkü şimdi kaçmanın kolay olmayacağı bir şeyin içine giriyorsun. Sıradan bir insandan, kendi halinde bir insandan daha kolay kaçabilirsin. Eğer o insan çirkinse özgürsündür; çok bağımlı olman gerekmez.

Nasrettin Hoca şehirdeki en çirkin kadınla evlenmiş. Kimse buna inanamamış. Sormuşlar, "Nasrettin ne oldu sana?"

O da cevap vermiş: "Bir mantığı var. Bu, her an kaçabileceğim tek kadın. Aslında kaçmamak daha zor olur. Bu, şehirdeki güvenebileceğim tek kadın. Güzel insanlara güvenilmez. Her an âşık olabilirler çünkü çok insan onları çekici bulur. Bu kadına güvenebilirim; bana karşı her zaman içten olacak. Endişelenmem gerekmeyecek; aylarca şehirden uzak kalabilirim, korkmama lüzum yok. Kadınım benim olarak kalacak."

Meseleyi gör: Eğer biri çirkinse ona sahip çıkabilirsin. Çirkin insan sana bağımlı olacaktır. Eğer biri güzelse, o güzel insan sana sahip çıkacaktır. Güzellik güçtür, çok büyük bir güç.

Çirkin insan köle olacaktır, bir hizmetçi. Çirkin insan kendinde olmayan güzelliğin yerini doldurmak için her şeyi yapacaktır. Çirkin kadın güzel kadından daha iyi bir eş olacaktır; mecburen. Sana daha iyi bakacak, daha iyi bir hastabakıcı olacak; çünkü biliyor ki güzellik yok ve onun yerine bir şey konmalı. Sana karşı çok iyi olacak; canını sıkmayacak, seninle kavga etmeyecek; bunu yapamaz. Güzel insanlar tehlikelidir. Onlar kavga edebilir. İşte sebepler bunlar.

Bana soruyorsun; "Çekici insanları niye korkutucu buluyorum?"

Öyleler. Eğer anlamaz ve farkında olmazsan bu korku devam eder. Çekim/korku aynı olgunun iki yüzüdür. Her zaman çok korktuğun insana çekim duyarsın. Korku ikincil kalmanın korkusudur.

Aslında insanlar imkânsızı ister. Bir kadın dünyadaki en güzel, en güçlü adamı ister, ancak onun sadece kendisiyle ilgilenmesini ister. Şimdi bu imkânsız bir istektir. En güzel ve en güçlü insan başka bir sürü insanla ilgilenecektir. Başka bir sürü insan da onunla ilgilenecektir. Adam dünyadaki en güzel kadına sahip olmak isteyecektir ama onun da kendine çok sadık kalmasını isteyecektir. Bu zor olacaktır; imkânsızı istemektir bu.

Ve unutma: Eğer bir kadın sana çok güzel görünüyorsa bu senin o kadar güzel olmadığını gösterir. Ve ayrıca korktuğunu da; bu kadın sana çok güzel görünüyorsa, acaba diğer tarafta ne oluyor? Sen ona o kadar güzel görünmüyor olabilirsin. Korku var: seni bırakabilir. Bütün bu sorunlar orada. Ama bu sorunlar sadece senin aşkının gerçekten aşk değil bir oyun olmasından kaynaklanıyor. Eğer gerçekten aşk olsa o zaman asla geleceği düşünmezsin. O zaman gelecek sorun olmaz. Gerçek aşk için yarın yoktur; gerçek aşk için zaman yoktur.

Eğer bir insanı seviyorsan, seviyorsundur. Yarın ne ola-

cak; kimin umurunda? Bu an öylesine çok ki, bu an bir son-
suzluk. Yarın ne olacak göreceğiz... yarın gelince. Ve yarın
hiç gelmez. Gerçek aşk, şimdiye aittir.

Daima hatırla: Bir şeyin gerçek olması için farkındalığın
parçası olması gerekir, şimdinin parçası olması gerekir, medi-
tasyonun parçası olması gerekir. O zaman sorun yoktur! O za-
man çekim sorunu yoktur, korku sorunu yoktur.

Gerçek aşk paylaşır; diğerini sömürmek değildir, diğerine
sahip çıkmak değildir. Sorun sen diğerine sahip çıkmak iste-
diğin zaman doğar: Diğeri de sana sahip çıkabilir. Ve eğer di-
ğeri daha güçlüyse, daha çekiciyse; doğal olarak sen köle du-
rumuna düşersin. Eğer diğerinin sahibi olmak istiyorsan,
"Köle durumuna düşebilirim" diye korkarsın. Eğer diğerine
sahip çıkmak istemiyorsan diğerinin sana sahip çıkabilece-
ğinden de korkmazsın. Aşk asla sahip çıkmaz.

Aşk asla sahip çıkmaz ve aşka asla sahip çıkılamaz. Ger-
çek aşk seni özgürlüğe götürür. Özgürlük en yüksek zirvedir,
en yüksek değer. Ve aşk da özgürlüğe en yakın olandır; aşk-
tan sonraki adım özgürlüktür. Aşk özgürlüğe karşı değildir;
aşk özgürlüğe giden bir basamaktır. İşte farkındalık sana bu-
nu gösterir; aşkın özgürlüğe götüren bir basamak olarak kul-
lanılacağını. Eğer âşıksan, diğerini özgür bırakırsın. Ve diğe-
rini özgür bıraktığın zaman diğerinden özgürleşirsin de.

Aşk bir paylaşımdır, sömürü değil. Aslında aşk hiçbir za-
man çirkinlik ve güzellik kavramlarıyla düşünmez. Şaşırırsın:
Aşk hiçbir zaman çirkinlik ve güzellik kavramlarıyla düşün-
mez. Aşk sadece davranır, yansıtır, meditasyon yapar; hiçbir
zaman düşünmez. Evet, bazen biriyle uygun düştüğün olur;
birden her şey uyuma kavuşur. Bu güzellik, çirkinlik mesele-
si değildir. Bir uyum, ritim meselesidir.

Birisi bana, George Gurdjieff'in bir sözüyle ilgili bir şey sormuştu; dünyada her kadına denk düşen bir erkek olduğu, her erkeğe denk düşen de bir kadın olduğuna dair. Her insan kutupsal bir karşılıkla doğmuştur. Eğer diğerini bulursan her şey birden uyuma kavuşur. Bütün merkezleri uyum içinde çalışır; bu aşktır. Bu çok ender rastlanan bir olgudur. Çok ender olarak gerçekten uygun düşen bir çifte rastlarsın. Toplumda o kadar büyük tabular, çekinceler var ki, gerçek bir eş, gerçek bir dost bulmak çok enderdir.

Doğu mitolojisinde bir öykümüz var, güzel bir mit; başlangıçta dünya yaratıldığı zaman her çocuk tek başına değil bir çift olarak doğmuş: bir oğlan, bir kız, birlikte, aynı anadan. İkiz, birbirlerine tam uygun; çift böyle bir şeymiş. Her bakımdan birbirlerine uygunlarmış. Sonra insan gözden düşmüş; ilk günah fikrinde olduğu gibi ve ceza olarak çiftler bir daha aynı anadan doğmamışlar. Ama yine de doğmuşlar! Gurdjieff haklı; bu benim de tanık olduğum bir şey. Her insanın bir yerlerde ilahi bir eşi var. Ama onu bulmak çok zor çünkü sen beyazsındır ve diğer kutbun Müslüman olabilir; Çinli olabilirsin ve diğer kutbun Alman olabilir.

Daha iyi bir dünyada insanlar arayacak. Ve eğer sana uyan gerçek insanı bulamadıysan acı içinde kalırsın. Eğer yalnızsan acı çekersin; eğer biriyle buluşursan, eğer diğer insan sana uymuyorsa ya da az uyuyorsa yine acı çekersin. Şimdi bilimsel araştırmalarda şu da bulunmuş: uyan insanlar var, uymayan insanlar var. Bilimsel ayarlamalar yapılabiliyor şimdi; her insan kendi merkezlerini, doğum haritasını, ritimlerini açıklayabiliyor. Şimdi tam uygun insanı bulmak için her türlü imkân var. Dünya çok küçüldü ve bir kere öbür insanı buldun mu... bu güzellik, çirkinlik meselesi değildir.

Aslında güzel insan da yok, çirkin insan da yok. Çirkin insan biriyle uyumlu olabilir; o zaman çirkin insan o insan için güzeldir. Güzellik uyumun bir gölgesidir. Aslında bir insana güzel olduğu için âşık olmazsın; oluşum bunun tam tersidir. Birine âşık olduğun zaman o insan güzel görünür. Güzellik fikrini getiren aşktır; tersi olmaz.

Ama sana tam uyan birini bulmak nadiren olur. Biri o kadar şanslı olduğunda, o zaman hayat bir melodiyle yaşanır; o zaman iki beden ve tek ruh vardır. Bu gerçek bir çifttir. Ve nerde öyle bir çifte rastlasan büyük bir zarafet ve müzik vardır çevrelerinde, büyük bir aura, güzel bir ışık, bir sessizlik. O zaman aşk doğal olarak meditasyona götürür.

İnsanların birbirlerini bulmaları için buluşup karışmalarına izin verilmeli. İnsanlar evlenmek için acele etmemeli. Acele tehlikelidir; ancak boşanmalara, uzun bir sefaletle dolu hayatlara yol açar. Çocukların buluşmalarına izin vermeliyiz, teknoloji öncesinin tabularını, korkularını bırakmalıyız; artık onlara gerek yok.

Artık teknoloji sonrası bir devirde yaşıyoruz; insan olgunlaştı ve birçok şeyi değiştirmesi gerekiyor çünkü birçok şey yanlış. Onlar eski günlerde geliştirilmişti –o zaman öyle gerekiyordu– ama artık gerekmiyor. Artık insanlar birlikte yaşayabilirler, erkek ve kadın; evlenmek için aceleye gerek yok. Ve eğer birçok erkek, birçok kadın tanıdıysan, sadece o zaman birinin sana uygun olup olmadığını anlayabilirsin. Uzun bir burun ya da güzel bir yüz meselesi değil bu; birinin yüzü güzeldir ve çekim duyarsın; ya da güzel gözleri vardır, büyük gözleri vardır ve çekim duyarsın; ya da saçlarının rengi... ama bu şeyler önemli değil! Birlikte yaşadığınız zaman, iki gün sonra saçının rengini görmez olursun, üç gün sonra burnunun uzunluğunu görmezsin, üç hafta sonra da diğerinin görünümünü tamamen unutursun. Şimdi gerçeklik kendini gösterir. Şimdi önemli olan ruhsal uyumdur. Bugüne kadar evlilik diye bilinen şey çirkin bir durum. Din adamları buna mutlulukla izin verdi; sadece izin de vermediler, onlar icat etti bunu. Ve beş bin yıldır dünyada varolan bu çirkin evliliği din adamlarının bu kadar desteklemesinin bir nedeni vardı. Çünkü insanlar ancak kendilerini berbat hissettiklerinde kiliseye, tapınağa gidiyorlardı. Ancak sefil oldukları zaman hayatı reddetmeye hazırdılar. İnsanlar ancak sefil olduklarında din adamlarının eline düşüyordu! Mutlu bir insanlığın din adamlarıyla hiç işi olmaz. Bu çok açık. Sağlıklıysan doktora gitmezsin. Psikolojik olarak bütünsen psikanaliste gitmezsin. Ruhsal olarak bütünsen din adamına gitmezsin.

Ve en büyük ruhsal uyumsuzluk evlilikle yaratılır. Din adamları dünyada cehennemi yarattılar. Bu onların meslek sırrı; o zaman elbette insanlar onlara gelip ne yapmalı diye soracaklardı. Hayat öyle berbat ki! Onlar da şimdi sana hayattan nasıl kurtulacağını anlatabilir. Sana tekrar asla doğmaman için, doğum ve ölüm çemberinden kurtulman için yapacağın ayinleri öğretebilirler. Hayatı cehenneme çevirdiler ve sana ondan nasıl kurtulacağını öğretiyorlar.

Benim yapmaya çalıştığım bunun tam tersi: Ben burada, şimdi cenneti yaratmak istiyorum ki, bir şeyden kurtulmak gerekmesin. Doğum ve ölümden kurtulmayı düşünmeye ihtiyacın yok, eski sözde dinlere ihtiyacın yok. Daha fazla müziğe ihtiyaç var, daha fazla şiire, daha fazla sanata ihtiyaç var. Elbette daha fazla mistisizme ihtiyaç var. Daha fazla bilime ihtiyaç var. O zaman tümüyle farklı türde bir din doğacak, yeni bir din. Sana anti yaşam ideolojiler öğretmek yerine; hayatını daha dengeli, daha sanatsal, daha duyarlı, daha merkezlenmiş, toprağa köklenmiş olarak yaşamana yardım edecek bir din. Sana yaşamanın sanatını, yaşamanın felsefesini öğretecek ve eğlenmeyi öğretecek bir din.

Soruyorsun, "Niye çekici insanları korkutucu buluyorum?"

Çünkü diğer kutup için derinlerinde bir arayış var; herkeste olduğu gibi. Ve diğer kutup olmayan biriyle ilişkide olmak istemiyorsun. Ama diğer kutbu bulmanın birçok arkadaşlık, birçok aşk ilişkisi yaşamaktan başka bir yolu yok. Eşini gerçekten bulmak istiyorsan birçok aşk ilişkisinden geçmen gerek. Öğrenmenin tek yolu bu. Korkunu bırak...

Ve eğer güzel insanlardan korktuğun için çirkin insanlarla birlikte olmaya başlarsan o da seni mutlu etmez.

Cohenler mobilyalı bir daire kiralamıştır. Bay Cohen evi bulmuş, gerekleri yerine getirmiştir ama Bayan Cohen mızıldanır: "Ben bu evi sevmedim."

"Ne oldu Rachel? Güzel ev işte. Her türlü yenilik var: Lavabolar, iyi ışıklandırma, iyi tesisat, sıcak su. Nesi var?"

"Bunları biliyorum ama banyoda perde yok. Ne zaman banyo yapsam komşular beni görecek."

"Merak etme Rachel. Eğer komşular seni görürse onlar perdeyi alır."

Çirkinliğin faydaları vardır ama sana mutluluk vermez. Ve eğer güzel insanlardan korkarsan aslında derin, yakın bir ilişkiye girmekten korktuğunu unutma. Aslında bir mesafede durmak istiyorsun, mesafe olsun istiyorsun ki gerekirse hemen kaçabilesin. Ama bu iş böyle olmaz; aşkın sırlarını böyle öğrenemezsin. Tam bir kırılganlıkla içeri girmen gerekiyor.

Bütün zırhı ve savunmayı bırakman gerekiyor. Eğer korkutucuysa bırak korkutucu olsun, ama gir içeri. Korku kaybolacak. Herhangi bir korkuyu bırakmanın tek yolu korktuğun şeyin ta içine girmektir. Biri bana gelip "Karanlıktan korkuyorum" derse, ona derim ki "Yapacağın tek şey karanlık geceye girip ıssızlıkta bir ağacın altına oturmak. Titre! Terle, kork, ama orda otur! Titremeye ne kadar devam edebilirsin? Yavaş yavaş yatışırsın. Kalbin normal atmaya başlar... ve birden karanlığın o kadar da korkutucu olmadığını görürsün. Yavaş yavaş karanlığın güzelliğini görmeye başlarsın. Sadece karanlıkta vardır onlar; derinlik, sessizlik, kadife dokunuşu; durağanlık, karanlık gecenin müziği, böcekler, uyum. Ve yavaş yavaş korku yok olduğunda karanlığın o kadar karanlık olmadığını görürsün. Bir şey görebilmeye başlarsın; belirsiz, net olmayan. Ama netlik, nesnelere sığlık verir; belirsizlikse derinlik ve gizem verir. Işık hiçbir zaman karanlık kadar gizemli olamaz. Işık düz bir yazıdır, karanlıksa şiir. Işık çıplaktır; o yüzden ne kadar ilgili kalabilirsin ki onunla? Ama karanlık perdelidir; perdeyi kaldırabilmen için ilgini, merakını canlı tutar.

Karanlıktan korkuyorsan gir karanlığa. Aşktan korkuyorsan gir aşkın içine. Yalnızlıktan korkuyorsan Himalayalara git ve yalnız kal. Korkuyu bırakabilmenin tek yolu budur. Bazen bir şeyi kasıtlı olarak yaparsan büyük bir farkındalık getirir.

Bir keresinde genç bir adam getirmişlerdi bana; bir üniversitede hocaydı. Sorun kadın gibi yürümesiydi. Ve bir üniversitede hoca olup da kadın gibi yürüyorsan bu sorun yaratabilir. Çok utanıyordu. Her türlü çareyi denemişti.

Dedim ki, "Bu senin yaptığın imkânsız; bir erkek kadın

gibi yürüyemez. Mucize gibi bir şey yapıyorsun. Çünkü kadın gibi yürüyebilmek ancak karnında bir rahim olmasıyla mümkündür; oradaki yuvarlaklık yüzünden kadın farklı yürür. Vücudunun çizgileri farklıdır. Ama bir adam öyle yürüyemez; eğer yürüyebiliyorsa... Bundan gurur duymalısın! Sen bir mucize yaratıyorsun. Göster şunu bana."

"Nasıl yani, mucize mi?" dedi.

"Şurada benim önümde yürü ama kadın gibi yürü." dedim ona.

Denedi ve başaramadı. Kadın gibi yürüyemedi. Ona dedim ki, "İşte anahtar bu. Okula geri dön. Şimdiye kadar kadın gibi yürümemeye çalışıyordun. Bundan sonra kasıtlı olarak kadın gibi yürümeye çalış. Bütün sorun kadın gibi yürümemeye çalışmandan kaynaklanmış. Saplantı olmuş bir hipnoz hali. Kendini hipnotize etmişsin. Derhal okula dön ve etrafta yürü ve mümkün olan her şekilde bir kadın olduğunu göster."

Denedi ve başaramadı; o günden beri de başaramıyor.

Eğer korkuyorsan unutma ki, çekici insanlardan korkmak, birinin karnına dokunmasından korkmak, karanlıktan korkmak, kadın gibi yürümekten korkmak, şundan bundan korkmak fark etmez. Korkunun eritilmesi gerekir çünkü korku sakatlayıcı, felç edici bir oluşumdur. Ve onu eritmenin tek yolu da içine girmektir. Deneyim özgürleştirir. Öğrenmek daha iyidir. Korkuyu bırakmak daha iyidir. İnsanlarla ilişki kurmak daha iyidir. Ve aslında ilişki kurmaya başlarsan her insanda güzel bir şey olduğunu görürsün. Kimse güzellikten yoksun olarak gelmez. Belki güzelliğin farklı boyutları vardır; birinin yüzü güzeldir, birinin sesi güzeldir; birinin vücudu güzeldir, birinin zihni güzeldir. Kimse güzellikten yoksun olarak gelmez; varoluş herkese bir tür güzellik verir. Ne kadar insan varsa o kadar güzellik vardır.

Ve bir insanın güzelliğiyle temas kurmanın tek yolu yakın olmaktır, korkuyu bırakmak, savunmaları bırakmaktır. Ve çok şaşırırsın: Tanrı farklı biçimlerde ifade bulur, Tanrı güzelliktir.

Doğuda Tanrı için üç farklı kelime var: *Satyam:* gerçek, *shivam:* en yüce iyilik, *sundram:* en yüce güzellik. Ve güzellik en sonda gelir; Tanrı güzeldir, Tanrı güzelliktir. Nerde bir güzellik görürsen Tanrı'nın güzelliğinin yansımasıdır. Ve eğer yansımadan korkuyorsan gerçeğiyle nasıl ilişki kuracaksın? Yansıma, dersi öğrenebilmen için orada. Bir gün gerçeğiyle ilişki kurabilmen için.

Ben-bilincini niye hissediyorum?

Hayatın hedefi özgürlüktür. Özgürlük olmadan hayatın anlamı yoktur. Özgürlük politik, sosyal ya da ekonomik özgürlük anlamına gelmez. Özgürlük zamandan, zihinden, arzudan özgür olmaktır. Zihnin var olmadığı anda evrenle bir olursun; evren kadar sınırsız olursun.

Gerçekle arandaki engel zihindir ve bu engel yüzünden ışığın ulaşamadığı, neşenin giremediği karanlık bir hücrede kapalı kalırsın. Sefalet içinde yaşarsın çünkü bu kadar küçük, sınırlı bir alanda yaşamak sana uygun değildir. Varlığın varoluşun en yüksek kaynağına ulaşmak ister. Varlığın okyanusa karışmak ister ve sen bir çiğ tanesi olarak kalırsın. Nasıl mutlu olabilirsin? Nasıl coşkulu olabilirsin? İnsan sefalet içinde yaşıyor çünkü hapsedilmiş durumda.

Gautam Buda der ki, *tanha;* arzu, bütün sefaletin kaynağıdır çünkü zihni arzu yaratır. Arzu geleceği yaratmaktır, kendini geleceğe yansıtmaktır, yarını buraya getirmektir. Yarını buraya getirince bugün kaybolur –artık onu göremez olursun– yarın, gözlerini karartır. Yarını buraya getirince bütün dünlerin yükünü taşımak zorunda kalırsın; çünkü yarın ancak dün tarafından beslenmeye devam ederek burada olabilir.

Her arzu geçmişten doğar ve her arzu geleceğe yansıtılır. Bütün zihnin geçmiş ve gelecekten oluşur. Zihni analiz et, parçalara böl, sadece iki şey bulursun: geçmiş ve gelecek. Bir parça bile şimdi bulamazsın, tek bir atom bile. Ve şimdi tek gerçekliktir, tek varoluş, var olan tek dans.

Sadece zihin tamamen durduğunda şimdi bulunabilir; geçmiş seni gücü altında tutmadığında ve gelecek sana sahip çıkmadığında, anılarla ve hayal gücüyle bağlantın koptuğunda. O anda nerdesin? Kimsin? O anda hiç kimsesin. Ve hiç kimse olduğun zaman seni hiç kimse incitemez. Yaralanmazsın; çünkü yaralanmaya hazır olan egodur. Ego nerdeyse yaralanmak için aranır, o yaralar sayesinde var olur. Onun bütün varoluşu sefalete ve acıya dayanır.

Hiç kimse olduğun zaman acı imkânsızdır, endişe tek kelimeyle inanılmazdır. Hiç kimse olduğun zaman büyük bir sessizlik vardır, bir sükûnet; içinde hiç gürültü yoktur. Geçmiş gitti, gelecek kayboldu; gürültü yaratacak ne kaldı? Ve duyulan bu sessizlik ilahidir, kutsaldır. İlk kez olarak o zihinsizlik alanlarında hiç bitmeyen sonsuz kutlamanın farkına varırsın. Varoluş işte bundan oluşur.

İnsan dışında bütün varoluş mutludur. Sadece insan bunun dışına düşmüştür, yoldan çıkmıştır. Sadece insan bunu yapabilir çünkü insanın bilinci var.

Şimdi bilincin iki olanağı vardır: O senin içinde parlak bir ışık haline gelebilir; öylesine parlaktır ki güneş bile onun yanında soluk görünür. Buda der ki, zihinsizliğin içine baktığın zaman sadece ışık görürsün, ilahi ışığı; sanki bin güneş aynı anda doğmuş gibi. Tamamen neşedir; saf, kirlenmemiş, kirletilmemiş. Sadece mutluluk, masumiyet. İnanılmazdır. İhtişamı tarif edilemez, güzelliği ifade edilemez, bolluğu tüketilemez. *Aes dhammo sanantano:* "en yüksek yasa budur".

Zihnini bir yana koyabilirsen kozmik oyunun farkına varacaksın. O zaman sadece enerji olursun ve enerji her zaman şimdi, buradadır, asla *şimdiburada*'yı terk etmez. Bu olanaklarından birisidir; saf bilinç olabilirsin.

Diğer olanağın da, ben-bilincine sahip olmaktır. O zaman düşersin. O zaman dünyadan ayrı bir varlık olursun. O zaman tanımlanmış, iyi tanımlanmış bir ada olursun. O zaman sınırlanırsın çünkü bütün tanımlar sınırlar. O zaman bir hapishane hücresindesindir ve bu hücre karanlıktır; tamamen karanlık. Hiç ışık yoktur, hiç ışık olanağı yoktur. Ve hapishane hücresi seni sakatlar, felç eder.

Ben-bilinci esaret haline gelir; esaret ben'dedir. Ve bilinç özgürlüktür.

Kendini bırak ve bilinçli ol! Bütün mesaj bu; bütün zamanların, geçmişin, şimdinin ve geleceğin bütün Budalarının mesajı bu. Mesajın özü çok basit: Kendini, egoyu, zihni bırak ve ol.

İşte bu sessizlik anında, kimsin sen? Bir hiç kimse, olmayan bir varlık. İsmin yok, biçimin yok. Erkek de değilsin, kadın da; Hindu da değilsin, Müslüman da. Hiçbir ülkeye, hiçbir millete, hiçbir ırka ait değilsin. Sen beden değilsin ve sen zihin değilsin.

O zaman nesin? Bu sessizlikte senin tadın ne? Olmanın tadı nasıl? Sadece bir huzur, sessizlik... ve o huzurun ve sessizliğin içinden büyük bir mutluluk çıkmaya başlar, dolmaya başlar, hiç sebepsiz. O senin doğan.

Zihni bir yana koyma sanatı dindarlığın bütün sırrıdır; çünkü zihni bir yana koyduğunda varlığın bin bir renge infilak eder. Bir gökkuşağı, bir lotus, bin bir yapraklı bir lotus olursun. Birden açılırsın, o zaman varoluşun bütün güzelliği –ki sonsuzdur– senin olur. O zaman gökteki bütün yıldızlar senin içindedir. O zaman gökyüzü bile senin sınırın olamaz; artık sınırın yoktur.

Sessizlik sana erime, karışma, gözden kaybolma, buharlaşma şansını verir. Ve olmadığın zaman, olursun; ilk kez olursun. Olmadığın zaman, Tanrı olur, Nirvana olur, aydınlanma olur. Olmadığın zaman her şey bulunur. Olduğun zaman, her şey kaybolur.

İnsan bir ben-bilinci haline geldi –bu yüzden yoldan çıktı– ilk düşüş bu. Bütün dinler bir şekilde ilk düşüşten bahseder ama en iyi hikâye Hıristiyanlık'ta bulunur. İlk düşüş insan bilgi ağacından yediği için olmuştur. Bilgi ağacının bilgi meyvesini yediğin zaman; bu, ben-bilincini yaratır.

Ne kadar çok bilirsen o kadar egoist olursun... Akademisyenlerin, hocaların, *maulvi*'lerin egosu buradan gelir. Ego büyük bir bilgiyle, metinlerle, düşünce sistemleriyle süslenir. Ama bunlar seni masum yapmazlar; sana açıklığın, güvenin, sevginin, oyunun çocuksu niteliğini vermezler. Bilgili olduğun zaman; güven, sevgi, oyun, hayret, hep birlikte yok olur.

Ve bize bilgili olmak öğretiliyor. Masum olmak öğretilmiyor, varoluşun mucizesini hissetmek öğretilmiyor. Çiçeklerin ismi öğretiliyor ama çiçeklerin etrafında nasıl dans edilir öğretilmiyor. Dağların isimleri öğretiliyor ama dağlarla nasıl bir olunur öğretilmiyor, yıldızlarla nasıl bir olunur öğretilmiyor, ağaçlarla nasıl bir olunur öğretilmiyor, varoluşla nasıl uyumlu olunur öğretilmiyor.

Uyumsuzken nasıl mutlu olabilirsin? Uyumsuzken acı, sefalet, öfke içinde olman kaçınılmazdır. Ancak bütünün dansıyla birlikte dans ettiğin zaman mutlu olabilirsin, dansın bir parçası olduğun zaman, bu büyük orkestranın parçası olduğun zaman, kendi şarkını kendi başına söylemediğin zaman. Ancak o zaman, o eriyişte insan özgürdür.

Nasıl kendim olarak kalabilirim? İnsanlara çok yaklaştığım zaman kendimi kaybettiğimi hissediyorum.

Herkes olağandışı olmak istiyor. Egonun arayışı bu –özel biri olmak– eşsiz, karşılaştırılamaz biri olmak. Ve paradoks da burada: Farklı olmaya ne kadar çabalarsan o kadar sıradan görünürsün; çünkü herkes olağandışılık peşindedir. O kadar sıradan bir arzudur bu. Eğer sıradan olursan, bu sıradan olma arayışı olağandışı olur; çünkü birinin sadece bir hiç kimse olmak istemesine çok az rastlanır, birinin bir boşluk olmak istemesine çok az rastlanır.

Bu bir şekilde gerçekten olağandışıdır çünkü kimse onu istemez. Sıradan olduğunda olağandışı olursun ve elbette birden, hiç aramazken eşsiz olduğunu keşfedersin.

Aslında herkes eşsizdir. Sürekli hedefler peşinde koşmayı bir an bırakabilsen eşsiz olduğunu anlarsın. Bu keşfedilecek bir şey değildir; zaten oradadır. Bu zaten böyledir: Var olmak eşsiz olmaktır. Olmanın başka bir yolu yoktur. Bir ağacın her yaprağı eşsizdir, kıyıdaki her çakıl taşı eşsizdir; olmanın başka bir yolu yoktur.

Aynı şeyden iki tane var olmaz, o yüzden de birisi olmaya gerek yoktur. Sen sadece kendin ol ve o anda eşsizsin, karşılaştırılamazsın. O yüzden bunun bir paradoks olduğunu söylüyorum: Arayanlar yenilir ve zahmete girmeyenler hemen kazanır.

Ama kelimelerle kafan karışmasın. Tekrarlamama izin ver: Olağandışı olma arzusu çok sıradandır çünkü herkeste vardır bu. Ve sıradan olacak kadar anlayışlı olmak çok olağandışıdır çünkü çok ender olur bu. Bir Buda, bir Lao Tzu, bir İsa'da olur bu. Herkesin aklında eşsiz olmaya çalışmak var ve bütün bu insanlar kesinlikle yenilgiye uğruyor.

Zaten eşsizken nasıl daha eşsiz olabilirsin? Eşsizlik zaten orda; onu keşfetmen gerekiyor. Onu icat etmen gerekmiyor; o zaten senin içinde. Onu varoluşa açman gerekiyor o kadar. Bu eşsizliğin geliştirilmesi gerekmiyor. O senin hazinen. Ezelden beri onu taşıyorsun. O senin varlığın, varlığının özü. Sadece gözlerini kapayıp kendine bakman gerekiyor. Sadece biraz durup dinlenmen ve bakman gerekiyor. Ama öyle hızlı koşuyorsun, başarmak için öyle bir acelen var ki onu kaçırıyorsun.

Lao Tzu'nun büyük öğrencilerinden biri, Lieh Tzu anlatır; budalanın biri elinde bir mumla ateş arıyormuş: "Ateşin ne olduğunu bilseydi pirincini de bir an önce pişirebilirdi. Bütün gece aç kaldı çünkü ateş arıyor ve bulamıyordu ve elinde bir mum vardı. Mumun olmasa, karanlıkta araman nasıl mümkün olurdu?"

Eşsizliğin peşindesin ve o senin elinde. Bunu anlayabilirsen pirincini bir an önce pişirebilirsin. Ben pirincimi pişirdim ve biliyorum. Gereksiz yere aç kalıyorsun; pirinç orada, mum orada; mum, ateş. Mumu alıp aramana gerek yok. Eline bir mum alıp bütün dünyayı arıyorsan ateş bulamazsın çünkü ateşin ne olduğunu anlamıyorsun. Aksi halde anlamış olurdun çünkü mum önündeydi, elinde tutuyordun.

Bazen bu gözlük kullanan insanlara olur. Gözlük gözündedir ama gözlüğünü arar. Acelesi vardır, aceleyle her yeri arar ve gözlüğün gözünde olduğunu tümüyle unutmuştur. İnsan paniğe kapılabilir. Hayatında böyle deneyimler olmuştur; arayışın yüzünden öyle paniğe kapılırsın, öyle endişelenip huzursuz olursun ki görüşün bulanır, gözünün önünde olan şeyi göremezsin.

Durum bu. Eşsizliği aramaya ihtiyacın yok; zaten eşsizsin. Bir şeyi daha eşsiz yapmanın yolu yoktur. 'Daha eşsiz' sözcükleri saçmadır. Eşsiz yeterlidir, 'daha eşsiz' diye bir şey yoktur. Tıpkı 'daire' sözcüğü gibi. Daireler vardır; 'daha dairesel' diye bir şey yoktur. Saçmadır bu. Bir daire her zaman mükemmeldir; daha fazlasına ihtiyaç yoktur. Daireselliğin dereceleri olmaz. Daire dairedir; azı, çoğu işe yaramaz.

Eşsizlik eşsizliktir; az ya da çok olmaz bunda. Zaten eşsizsin. İnsan bunu ancak sıradan olmaya hazır olduğunda anlar. Paradoks buradadır. Ama eğer anlıyorsan problem yoktur; paradoks orada ve güzel ve problem yok. Bir paradoks bir problem değildir. Eğer anlamıyorsan problem gibi görünür; eğer anlıyorsan güzeldir, gizemlidir.

Sıradan ol; olağandışı olursun. Olağandışı olmaya çalış; sıradan olursun.

167

Vermek nedir ve almak nedir? Şimdi anlıyorum ki bunları kavramaya daha yeni başlıyorum. Alıcı olmak bana ölüm gibi geliyor ve içimdeki her şey otomatik olarak kırmızı alarm veriyor. İmdat! Varoluş çok büyük görünüyor.

Derdinin ne olduğunu anlayabiliyorum. Hemen hemen herkesin derdi bu. Farkına varman iyi çünkü böylece durumu değiştirmek mümkün olabilir. Talihsiz durumda olanlar aynı soruna sahip olan ama farkında olmadıklarının farkında olmayanlar. Çünkü farkında olmadıkları için dönüşüm olanağı yok.

Sen kendini açığa vurma cesareti gösterdin. Buna çok sevindim. Ben herkesin ne kadar çirkin görünürse görünsün kendini açığa vuracak kadar cesur olmasını istiyorum.

Koşullanmalar çirkin olanı gizlemeye devam etmek ve güzel taklidi yapmak yönünde. Bu da şizofren bir durum yaratıyor: Kendini olmadığın şekilde göstermeye devam ediyorsun ve olduğun şeyi bastırmaya devam ediyorsun. Hayatın sürekli bir iç savaş haline geliyor. Kendinle savaşıyorsun ve kendinle yaptığın her savaş sana zarar verir. Kimse kazanamaz.

Sağ elimle sol elim savaşmaya başlasa birinin kazanması mümkün olur mu? Bazen sağ elimin kazanmış gibi iyi hissetmesine, bazen de durumu değiştirip sol elimin kazanmış gibi iyi hissetmesine izin verebilirim. Ama ikisi de tam kazanmış olamaz çünkü ikisi de benim elim.

Hemen hemen herkes bölünmüş bir kişilik taşıyor. Ve en önemlisi kendini sahte bölümle özdeşleştiriyor ve kendi gerçeğini inkâr ediyor. Bu durumda ruhsal bir varlık olarak büyüme umudun olamaz.

Soru sahibinin söylediklerini anlamak çok önemli. "Vermek nedir?" diye soruyor. Hiç kendine vermenin ne olduğunu sordun mu? Çocuklarına, karına, kız arkadaşına, topluma, Rotary kulübüne, Lions kulübüne zaten çok verdiğini düşünüyorsun; öyle çok veriyorsun ki. Ama aslında vermenin ne olduğunu bilmiyorsun.

Kendini vermiyorsan hiç vermiyorsun demektir.

Para verebilirsin ama sen para değilsin. Kendini vermiyorsan –yani sevgi vermiyorsan– vermenin ne olduğunu da bilmiyorsun.

"...ve almak nedir?" Hemen hemen herkes almanın ne olduğunu bildiğini zanneder. Ama sorunun sahibi sormakta ve kendini açığa vurmakta haklı; almanın ne olduğunu bilmiyor. Tıpkı sevgi vermiyorsan vermenin ne olduğunu bilemeyeceğin gibi, aynı şey almak için de geçerli: Eğer sevgiyi alamıyorsan almanın ne olduğunu bilmiyorsun. Sevilmek istiyorsun ama hiç düşünmedin: Sevgiyi alabilir misin? Onu almana izin vermeyen öyle çok engel var ki.

Birincisi kendine saygın yok; o yüzden sevgi sana yaklaştığında onu almaya yeterli hissetmiyorsun kendini. Ama öyle bir karmaşa içindesin ki basit bir gerçeği göremiyorsun: Sen kendini olduğun gibi kabul etmediğine göre kendini hiç sevmedin; başkasının sevgisini nasıl alabilirsin? Onu hak etmediğini biliyorsun ama sana doldurulan bu aptalca fikri kabul edip tanımak istemiyorsun; onu hak etmediğin fikrini. O zaman ne yapıyorsun? Basitçe sevgiyi reddediyorsun. Ve sevgiyi reddetmek için bahaneler bulman gerekiyor.

İlk ve en önemli bahane; "Bu sevgi değil, o yüzden kabul edemem." Birinin seni sevebileceğine inanamıyorsun. Sen kendini sevemezken; kendini, güzelliğini, zarafetini, ihtişamını göremezken; biri sana "Çok güzelsin. Gözlerinde sonsuz bir derinlik, büyük bir zarafet görüyorum. Kalbinin evrenle uyum içinde atışını görüyorum" dediği zaman nasıl inanabilirsin? Bütün buna inanamazsın, çok fazla. Sen suçlanmaya, cezalandırılmaya alıştın, reddedilmeye alıştın. Olduğun gibi kabul edilmemeye alıştın. O yüzden kolayca kabul edebildiğin şeyler ancak bunlar.

Sevginin sana çok büyük bir etkisi olacak çünkü onu alabilir hale gelmeden önce büyük bir dönüşüm geçirmen gerekecek. Önce kendini hiç suçluluk duymadan kabul etmen gerekiyor. Hıristiyanların ve diğer dinlerin sana hep öğrettiği gibi günahkâr değilsin.

Bütün bunların saçmalığını görmüyorsun. Geçmişte, uzak bir yerde, bir Adem Tanrı'ya itaat etmemiş. Pek büyük bir günah değil bu. Aslında itaat etmemekte tamamen haklıymış. Biri günah işlediyse eğer Tanrı işlemişti; kendi oğlunun, kendi kızının bilgi ağacının, sonsuz hayat ağacının meyvesini yemesini yasaklayarak. Nasıl bir baba bu? Nasıl bir Tanrı? Nasıl bir sevgi?

Sevgi der ki; Tanrı Adem ve Havva'ya şöyle demeliydi: "Bir şey yemeden önce şu iki şeyi hatırlayın: Bilgelik ağacından istediğiniz kadar yiyin ve sonsuz hayat ağacından istediğiniz kadar yiyin ki benim bulunduğum ölümsüzlük alanında siz de olabilesiniz." Seven herhangi biri için bu basit bir şeydir. Ama Tanrı'nın Adem'e bilgi ağacından yemeyi yasaklaması onun cahil kalmasını istediği anlamına geliyor. Belki kıskanıyor, korkuyor; anlıyor ki eğer Adem bilge olursa, onun eşiti olabilir. Adem'i cahil tutmak istiyor ki böylece aşağıda kalsın. Sonsuz hayat meyvesini yerse o zaman o da Tanrı olur.

Adem'le Havva'yı engelleyen bu Tanrı çok kıskanç, çirkin, insanlık dışı, sevgisiz olmalı. Ve bütün bunlar günah değilse o zaman günah ne olabilir? Ama dinler; Museviler, Hıristiyanlar, Müslümanlar sana böyle öğretti ve sen de Adem'in işlediği günahı taşımaya devam ediyorsun. Yalanları bu kadar sürdürmenin de bir sınırı vardır. Adem günah işlemiş olsa bile onu sen taşıyamazsın. Bu dinlere göre sen Tanrı tarafından yaratıldın ve tanrısallık taşımıyorsun da, Adem'le Havva'nın itaatsizliğini mi taşıyorsun?

Batının aşağılama yöntemi bu: günahkârsın. Doğunun yöntemi aynı sonuca farklı bir yoldan ulaşıyor. Onlar da diyor ki; her insan çok büyük miktarda günah ve kötülük yükü taşır, bunlar milyonlarca geçmiş hayat boyunca birikmiştir. Aslında bir Hıristiyan ya da Musevi ya da Müslüman buna kıyasla çok daha az yük taşıyor. O sadece Adem ve Havva'nın günahını taşıyor. O da epeyce hafiflemiş olmalı ne de olsa aradan yüzyıllar geçmiş. Milyonlarca elden geçti; şimdiye kadar eser miktarda kalmış olmalı.

Ama Doğunun kavramı çok daha tehlikeli. Başkasının günahını taşımıyorsun. Her şeyden önce başkasının günahını taşıyamazsın. Baban bir suç işler; seni hapse gönderemezler. Sıradan insan sağduyusu bile eğer baba suç işlediyse onun acı çekmesi gerektiğini söyler. O suç işledi diye oğlu ya da torunu hapse gönderilemez.

Ama Doğunun kavramı çok daha tehlikeli ve zehirli: Kendi günahını taşıyorsun, Adem'le Havva'nınkini değil. Ve küçük bir şey de değil; her hayatta daha çok büyümüş! Bu hayattan önce milyonlarca başkasını yaşadın, her hayatta ne çok günah işlemişsindir. Hepsi göğsünde birikmiş duruyor. Yükün Himalayalar kadar büyük; altında eziliyorsun.

Bu, senin büyüklüğünü yok etmek için, seni insan altı bir varlık haline getirmek için garip bir strateji. Kendini nasıl sevebilirsin ki? Kendinden nefret edebilirsin ama sevemezsin. Seni başkasının sevebileceğini nasıl düşünebilirsin? En iyisi reddetmek çünkü er ya da geç sana sevgisini sunan insan senin gerçeğini keşfedecek. O da çok çirkin: Yalnızca büyük, çok büyük bir günah yükü. O zaman o insan seni reddedecek. Reddedilmekten kaçmak için sevgiyi reddetmek daha iyi. İnsanlar bu yüzden sevgiyi kabul etmiyor.

Onu arzuluyorlar, özlemini çekiyorlar. Ama o an geldiğinde ve biri sana sevgi yağdırmaya hazır olduğunda geri kaçıyorsun. Kaçmanın derin bir psikolojisi var. Korkuyorsun: senin ruhun? Milyonlarca hayatın kötülüğüyle ezilen günahkâr ruhun? Hayır, en iyisi onu gizlemek, en iyisi seni sevmek isteyen insanın seni reddedebileceği bir duruma düşmemek. Sevgiyi almana izin vermeyen işte bu reddedilme korkusu.

Sevgi veremiyorsun çünkü kimse sana sevgi dolu bir varlık olarak doğduğunu söylemedi. "Günahkâr doğdun!" dediler sana. Sevemiyorsun ve sevgiyi de alamıyorsun. Bu, bütün büyüme olanaklarını en aza indirdi.

Soruyu soran kişi diyor ki, "Şimdi anlıyorum ki bunları kavramaya daha yeni başlıyorum." Şanslısın çünkü dünyada kendi koşullanmalarına, eski kuşakların kendine verdiği çirkin yüklere karşı tamamen körleşmiş milyonlarca insan yaşıyor. O kadar acı veriyor ki tamamen unutmak daha iyi. Ama unutarak onu yok edemezsin.

Kanseri unutunca onu ameliyat edemezsin. Onun farkına varmayarak, karanlıkta tutarak kendini en büyük ve gereksiz riske atıyorsun. O büyümeye devam edecek; senin onu tanımana ihtiyacı var. Er ya da geç bütün varlığını kaplayacak.

Ve senden başka kimse bundan sorumlu olmayacak. O yüzden, eğer kavramaya başladığını hissediyorsan sana birkaç pencere açılıyor demektir.

"Alıcı olmak bana ölüm gibi geliyor..." Bunu hiç düşündün mü? Alıcı olmak sana ölüm gibi geliyor, bu doğru. Alıcı olmak ölüm gibi gelir çünkü alıcı olmak aşağılanma gibi görünür. Bir şey almak, özellikle sevgi almak bir dilenci olduğun anlamına gelir. Kimse alıcı tarafta olmak istemez çünkü bu seni, verenin aşağısına koyar. "Alıcı olmak bana ölüm gibi geliyor ve içimdeki her şey otomatik olarak kırmızı alarm veriyor."

Bu kırmızı alarm senin içine hep saygı duyduğun toplum tarafından yerleştirildi, senin iyiliğini ister zannettiğin insanlar tarafından. Sana kasıtlı olarak zarar vermek istediklerini söylemiyorum. Onlara da başkaları zarar vermişti ve kendi ailelerinden, öğretmenlerinden, büyüklerinden ne öğrendilerse sana onu aktarıyorlar.

Her kuşak hastalıklarını yeni kuşağa geçirmeye devam ediyor ve yeni kuşak doğal olarak gittikçe daha fazla yük alıyor. Sen, bütün tarihin batıl inançlarının, baskıcı kavramlarının mirasını taşıyorsun. Kırmızı alarma geçen sana ait bir şey değil. Kırmızı alarma geçen senin koşullanmaların. Ve son cümlen de sadece bunu mantıklı hale getirme çabası. Bu da herkesin farkında olması gereken tehlikelerden biri.

Mantıklı hale sokma.

Problemin en dibine git.

Ama bahaneler bulma, çünkü eğer bahane bulursan bu kökleri temizleyemezsin.

Soru sahibinin son cümlesi bir mantıklılaştırma. Belki bu içsel niteliğin farkına varmadı. Diyor ki "İmdat! Varoluş çok büyük görünüyor."

Şimdi varoluş çok büyük olduğu için almaktan korktuğunu düşünüyor, varoluş çok büyük olduğu için vermekten korktuğunu düşünüyor. Küçücük, bir çiğ damlası kadar olan sevgini okyanusa vermenin ne anlamı var? Okyanusun bundan haberi bile olmaz; o yüzden vermek anlamsız, almak da anlamsız. Okyanus çok büyük, içinde boğulursun. O yüzden de ölüm gibi gelir. Ama bu senin mantıklı hale sokman.

Varoluş hakkında hiçbir şey bilmiyorsun. Kendin hakkında hiçbir şey bilmiyorsun; ki o varoluşun sana en yakın noktası. Kendi varlığından başlamazsan asla varoluşu tanıyamazsın. Başlangıç noktası burası ve her şey başlangıç noktasından başlamalıdır.

Kendini tanıyınca varoluşunu tanıyacaksın. Ama varoluşunun tadı ve kokusu sana diğerlerinin varoluşuna biraz daha girme cesareti verecek. Eğer kendi varoluşun seni bu kadar mutlu ettiyse çevreni saran diğer gizemlerin içine girmek doğal bir özlem olur: İnsan gizemleri, hayvanların gizemleri, ağaçların gizemleri, yıldızların gizemleri.

Ve kendi varoluşunu bir kere tanıyınca artık ölümden korkmazsın.

Ölüm bir hikâyedir; gerçekleşmez, sadece görünür. Dışarıdan görünür. Hiç kendi ölümünü gördün mü? Her zaman başkalarını ölürken gördün. Ama kendini ölürken gördün mü? Hiç kimse görmedi; aksi halde bu kadar −en alt düzeydeki− hayat bile mümkün olmazdı. Görüyorsun her gün birileri ölüyor ama her zaman başkaları, asla sen değil.

"Çanların kimin için çaldığını hiç sorma; onlar senin için çalıyor" diyen şair bunu senden daha derin anlamış. Hıristiyan olmalı çünkü bir Hıristiyan köyünde biri öldüğü zaman herkesi haberdar etmek için kilise çanı çalınır; çiftliklerine, bahçelerine, bir yerlere çalışmaya gitmiş insanları haberdar etmek için. Kilise çanı hatırlatır onlara: Biri öldü. O yüzden son vedalarını etmek için geri gelmeleri gerekir.

Ama "Çanların kimin için çaldığını hiç sorma; onlar senin için çalıyor." diyen şairin gördüğü şey çok önemli.

Gerçek hayatta asla senin için çalmıyor. Bir gün çalacak ama sen onu duymak için burada olmayacaksın. Kendini asla ölümün eşiğinde düşünmezsin ve aslında herkes eşiktedir. Hep başkalarını ölürken görürsün. O yüzden de deneyimin öznel değil, nesneldir.

Diğeri aslında ölmemektedir, ev değiştirmektedir. Yaşam gücü yeni bir şekle geçmektedir, yeni bir düzleme. Sadece beden hayat enerjisinden yoksun kalır ama zaten beden hiçbir zaman sahip olmamıştı ona.

Tıpkı içindeki mumla aydınlanan karanlık bir ev gibi. Dışardan bakınca bile pencerelerden, kapılardan ışığı görebilirsin ama ışık evin ayrılmaz bir parçası değildir. Mum bittiği anda ev karanlığa bürünür. Aslında o her zaman karanlıktaydı; ışık olan mumdu.

Vücudun zaten ölü. Onun canlı olduğu izlenimini veren senin hayat gücün, senin varlığın; vücudu o aydınlatıyor, vücudu o canlılıkla dolduruyor. İnsanlar öldüğü zaman gördüğün tek şey bir şeyin gözden kaybolduğu. Onun nereye gittiğini bilmiyorsun, bir yere mi gitti yoksa artık hiç mi yok bilmiyorsun. O yüzden bu ölüm hikâyesi dışarıdan yaratılmış durumda.

Kendilerini tanımış olanlar hiç şüpheleri olmadan sonsuz varlıklar olduklarını bilirler. Çok defa ölmüşlerdir ama hayattadırlar.

Ölüm ve doğum sadece ruhun büyük yolculuğundaki küçük bölümlerdir. Kendinle temasa geldiğin anda ölüm korkun hemen kaybolacak. Ve bu da keşfedilecek tümüyle yepyeni bir gökyüzü açar. Bir kere ölümün olmadığını bilince bütün korku kaybolur. Bilinmeyenin korkusu, karanlık korkusu... ne biçimde olursa olsun, bütün korkular yok olur. İlk defa, gerçek bir serüvenci olmaya adım atarsın. Çevreni saran çeşitli gizemlerin içine girmeye başlarsın.

İlk defa varoluş senin evin haline gelir.

Korkulacak hiçbir şey yok: O senin annen, sen onun parçasısın. Seni boğamaz, seni yok edemez.

Onu daha çok tanıdıkça beslendiğini daha çok hissedeceksin, onu daha çok tanıdıkça kutsandığını daha çok hissedeceksin, onu daha çok tanıdıkça daha çok var olacaksın. O zaman sevgi verebilirsin çünkü sevgin vardır. O zaman sevgi alabilirsin çünkü reddedilmek söz konusu değildir.

Sorduğun soru herkese yararlı olacak. Sana sorun için ve kendini açığa vurma cesaretin için teşekkür ediyorum. Herkesin bu cesarete ihtiyacı var çünkü bu cesaret olmadan dönüşüm olasılığı için umut yoktur: Yeni bir dünyaya –yeni bir bilince– en yüksek gerçeğe ve en yüce kutsanmaya giden tek kapı olan öz varlığına.

Yakınlık içinde yaşamanın gerçek yolu nedir?

Varoluşu tanımak için varoluşsal olman gerekir. Sen varoluşsal değilsin, sen düşüncelerin içinde yaşıyorsun. Sen geçmişte, gelecekte yaşıyorsun; asla şimdi, burada değil. Ve varoluş tam şimdi, burada. Sen burada değilsin o yüzden bu soru ortaya çıkıyor. Soru varoluşla buluşmadığın için ortaya çıkıyor. Yaşadığını düşünüyorsun ama yaşamıyorsun. Sevdiğini düşünüyorsun ama sevmiyorsun. Sevgiyi sadece düşünüyorsun, hayatı düşünüyorsun, varoluşu düşünüyorsun ve sorun da düşünüyor olmanda; düşünüyor olman bir engel. Bütün düşünceleri bırak ve gör. Tek bir soru bile bulamayacaksın; sadece cevap vardır.

O yüzden ısrarla yineliyorum; arayış cevap için değil. Arayış soruların cevaplansın diye değil. Hayır, arayış sadece soruların nasıl bırakılacağı ile ilgili, varoluşun ve hayatın sorgulamayan bir zihinle nasıl görüleceği ile ilgili. *Shraddha*'nın, güvenin anlamı bu. *Shraddha*'nın ya da güvenin en derin boyutu bu: Varoluşa sorgulamayan bir zihinle bakmak.

Sadece bakarsın. Ona nasıl bakılacağına dair hiçbir fikrin yoktur, herhangi bir biçim zorlamazsın, önyargın yoktur –sadece çıplak gözlerle bakarsın– düşüncelerle, felsefelerle, dinlerle hiç örtülmeden. Varoluşa küçük bir çocuğun gözleriyle bakarsın ve sonra birden sadece cevap vardır.

Varoluşta soru yoktur. Sorular senden gelir. Onlar gelmeye devam eder ve istediğin kadar cevap biriktirmeye devam edebilirsin. O cevapların faydası olmaz. Cevaba ulaşman gerekir ve cevaba ulaşmak için bütün soruları bırakman gerekir. Zihinde hiç soru olmadığı zaman görüş açıktır, algın açıktır; algının kapıları temiz ve açıktır ve birden her şey şeffaflaşır. En derine kadar gidebilirsin. Nereye baksan bakışın en derin öze kadar girer ve orda birden kendini bulursun.

Her yerde kendini bulursun. Derin, yeterince derin bakarsan kendini bir taşta bulursun. O zaman bakan, gözleyen gözlenen olur; gören görülen olur; bilen bilinen olur. Bir taşa, bir ağaca, bir adama ya da bir kadına yeterince derin bakarsan, derin bakmaya devam edersen o bakış bir dairedir.

Yakınlık

Senden başlar sonra diğerinden geçer ve sana döner. Her şey şeffaftır. Hiçbir şey gizli değildir. Işın gider, bir daire olur ve sana geri düşer. Upanishad'ların en büyük sırlarından biri budur: *Tat Twamasi Swetaketu*: "Sen osun" ya da "O sensin." Daire tamdır. Şimdi kendini adamış olan Tanrı'yla birdir. Şimdi arayan arananla birdir. Şimdi sorgulayanın kendisi cevap olur.

Varoluşta soru yoktur. Onun içinde yeterince yaşadım şimdiye kadar ve bir tek soruya bile rastlamadım; tek soru parçasına bile. O sadece yaşanır.

O zaman hayatın kendi güzelliği vardır. Zihinde hiç şüphe yoktur, çevrende hiç şüphe yoktur, varlığında hiç soru yoktur; bölünmemişsin, tamsın.

YAZAR HAKKINDA

Osho'nun öğretileri hiçbir kategoriye sokulamamaktadır: Bireysel anlam arayışından, toplumun en acil sosyal ve siyasi konularına kadar her konuya değinir. Kitapları yazılmamış, otuz beş yıl boyunca çokuluslu izleyicilere hitaben irticalen yaptığı konuşmaların ses ve video bantlarının deşifre edilmesiyle yazıya dökülmüştür. Londra'da yayınlanan Sunday Times tarafından Yirminci Yüzyılın bin önemli insanlarından biri olarak tarif edilmiştir. Amerikalı yazar Tom Robbins onu "İsa'dan beri ortaya çıkan en tehlikeli insan" olarak tanımlamıştır.

Osho, kendi çalışmalarında, yeni tür bir insanın doğumu için uygun şartları oluşturmaya katkı yaptığını söylemiştir. Bu yeni insanı "Buda Zorba" olarak tanımlar. Hem Yunanlı Zorba gibi dünyevi zevklerden, hem de Guatama Buda'nın sessiz dinginliğinden zevk alabilen bir insan. Osho'nun bütün çalışmalarında işlenen öğretiler, hem Doğu'nun sonsuz bilgeliğini, hem de Batı bilim ve teknolojisinin en yüksek potansiyelini birlikte işler.

Osho ayrıca çağdaş hayatın hızlanmış temposunu kabul eden meditasyon yaklaşımı ve içsel dönüşüm bilimine yaptığı çığır açan katkılarıyla tanınmıştır. Özgün, aktif meditasyonları beden ve zihnin birikmiş stresini atmak için tasarlanmıştır. Bu sayede düşünceden kurtulup, dingin meditasyon durumunu yaşamak daha kolay olur.

Yazarın İngilizce'de iki otobiyografik çalışması mevcuttur:

- Autobiography of a Spritually Incorrect Mystic
- Glimpses of a Golden Childhood

MEDİTASYON BELDESİ HAKKINDA

OSHO® MEDİTASYON BELDESİ

Osho® Meditasyon Beldesi hem harika bir tatil yapabileceğiniz, hem de daha farkında, dingin ve eğlenceli bir yaşam biçimini şahsen hayata geçirebileceğiniz bir yerdir. Bombay'ın 160 km güneydoğusundaki Pune kentinde yer alan bu Belde, her yıl dünyanın yüz farklı ülkesinden binlerce kişiyi misafir eder.

Geçmişte Maharaja'lar ve zengin İngiliz sömürgeciler için bir yazlık olarak gelişen Pune, şu anda birçok üniversite ve ileri teknoloji endüstrisine sahip modern ve canlı bir şehirdir. Meditasyon Beldesi ağaçlarla çevrili ve Koregaon Parkı olarak bilinen semttedir. Belde yeni açılan konukeviyle, Kısıtlı sayıda konuğa kalma olanağı sağlar. Ancak çevrede her zevke uygun ve birkaç günden birkaç aya kadar istediğiniz kadar kalabileceğiniz çok sayıda otel ve kiralık daire bulunur.

Beldenin meditasyon programları, Osho'nun gündelik hayata keyifle katılan ve sessizliğin içinde yaratıcı olarak gevşeyebilen yeni insan vizyonu üzerine kuruludur. Programların çoğu modern, klimalı tesislerde yapılır. Yaratıcı sanat etkinlikleri, kutsal tedavi yöntemleri, kişisel gelişim ve terapiler, ezoterik bilimler, spor ve boş zamanları değerlendirmede Zen yaklaşımı, ilişkiler, kadın ve erkeklerin yaşamında önemli geçiş dönemlerine yönelik birçok atölye, kurs ve özel programlar sunulmaktadır. Özel seanslar ve grup atölyeleri yıl boyunca, tam gün meditasyonlarla birlikte devam eder. Belde içindeki açık cafe ve restoranlar, Beldenin kendi çiftliğinde organik olarak yetiştirilen sebzelerle yapılan geleneksel Hint yemeklerinin yanı sıra, çeşitli uluslararası mutfakları sunar. Kampüsün kendine ait güvenli, filtre edilmiş su kaynağı bulunmaktadır.

Daha fazla bilgi için: www.osho.com

Çeşitli dillerde sunulan bu kapsamlı web sitesi aracılığıyla meditasyon beldesinde online gezinti yapabilir, ulaşım bilgilerini bulabilir, kitap ve kasetler hakkında bilgi alabilir, dünya çapındaki Osho bilgi merkezlerine ulaşabilir ve Osho'nun konuşmalarından seçmeler dinleyebilirsiniz.

Osho International

New York

e-posta: oshointernational@oshointernational.com

www.osho.com/oshointernational

Osho'nun Ganj Kitap'tan Çıkan Diğer Kitapları

Yeni Bir Yaşam Biçimini Kavramak Serisi

Farkındalık

Sezgi

Yaratıcılık

Coşku

Cesaret

Zeka

Özgürlük

Olgunluk

Yakınlık

Sevgi

Birey Olmayı Kutlamak Serisi

Kadın

Erkek

Çocuk

Diğer Kitaplar

Duygular

Ego

Gizemli Sırlar

Altın Gelecek